重现经典

重现经典编委会

主　编

陈众议

编　委

陆建德　余中先　高　兴　苏　玲
程　巍　袁　伟　秦　岚　杜新华

（排名不分先后）

《紫苑草》　　　　　　　《金色夜叉》
《她们》　　　　　　　　《飞越疯人院》
《热与尘》　　　　　　　《情迷六月花》
《康州美国佬大闹亚瑟王朝》　《革命之路》
《一月十六日夜》　　　　《能干的法贝尔》
《已故的帕斯卡尔》　　　《亡军的将领》
《血色子午线》　　　　　《校园秘史》
《阁楼上的狐狸》　　　　《居辽同志兴衰记》
《萨巫颂》　　　　　　　《破碎的四月》
《老妓抄》　　　　　　　《梦幻宫殿》
《路》　　　　　　　　　《施蒂勒》
《禅与摩托车维修艺术》　《母猪女郎》
《平原上的城市》　　　　《孤独天使》
《穿越》　　　　　　　　《孤独旅者》
《天下骏马》　　　　　　《血橙》
《猜火车》　　　　　　　《猎鹰者监狱》
《源泉》　　　　　　　　《跳房子》
《阿特拉斯耸耸肩》　　　《魔法外套》
《人民公仆》　　　　　　《捕蜂器》
《瓦解》　　　　　　　　《牙买加飓风》
《荒原蚁丘》　　　　　　《看电影的人》
《神箭》　　　　　　　　《相约萨马拉》
《相爱一场》　　　　　　《情陷撒哈拉》
《鞑靼人沙漠》　　　　　《曼哈顿中转站》
《面纱》　　　　　　　　《秘密花园》
《邮差》　　　　　　　　《美丽新世界》
《斜阳》　　　　　　　　《穿裘皮大衣的维纳斯》

Ironweed

紫苑草

〔美〕威廉·肯尼迪（William Kennedy）◎著
何修瑜◎译

重庆出版集团 重庆出版社

编委会荐语

近世西风东渐，自林纾翻译外国作品算起，已逾百年。其间，被翻译成中文的外国作品，难以计数。几乎每一个受过教育的中国人，都受过外国文学作品的熏陶或浸润。其中许多人，就因为阅读外国文学作品而走上文学创作的道路，比如鲁迅，比如巴金，比如沈从文。翻译作品带给中国和中国人的影响，从文学领域渗透到社会生活的各个方面。从某种意义上可以说，是翻译作品所承载的思想内涵把中国从古老沉重的封建帝国，拉上了现代社会的轨道。

仅就文学而言，世界级的优秀作品已浩如烟海。有些作家在他们自己的时代大红大紫，但随着时间的流逝而湮没无闻，比如赛珍珠。另外一些作家活着的时候并未受到读者的青睐，但去世多年后则慢慢被读者接受、重视，其作品成为文学经典，比如卡夫卡。然而，终究还是有一些优秀作品未能进入普通读者的视野。当法国人编著的《理想藏书》1996年在中国出版时，很多资深外国文学读者发现，排在德语文学前十位的作品，竟有一多半连听都没有听说过。即使在中国读者最熟悉的英美文学里，仍有不少作品被我们遗漏。这其中既有时代变迁的原因，也有评论家和读者的趣味问题。除此之外，中国图书市场的巨大变迁，出版者和翻译者选择倾向的变化，译介者的信息与知识不足，时代条件的差异等，都会使大师之作与我们擦肩而过。

自2005年4月始，重庆出版社大力推出"重现经典"书系，旨在重新挖掘那些曾被中国忽略但在西方被公认为经典的文学作品。当时，我们的选择标准如下：从来没有在中国翻译出版过的作家的作品；虽在中国有译介，但并未得到应有重视的作家的作品；虽然在中国引起过关注，但由于近年来的商业化倾向而被出版界淡忘的名家作品。以这样的标准选纳作家和作品，自然不会愧对中国广大读者。

随着已出版书目的陆续增加，该书系已引起国内外读者的广泛关注。应许多中高端读者建议，本书系决定增加选纳标准，既把部分读者熟知但以往译本存在较多差误的经典作品，以高质量重新面世，同时也关注那些有思想内涵，曾经或正在影响着社会进步的不同时期的文学佳作，力争将本书系持续推进，以更多佳作满足不同层次读者的需求。

自然，经典作品也脱离不了它所处的时代背景，反映其时代的文化特征，其中难免有时代的局限性。但瑕不掩瑜，这些作品的文学价值和思想价值及其对一代代读者的影响丝毫没有减弱。鉴于此，我们相信这些优秀的文学作品能和中华文明继续交相辉映。

丛书编委会
修订于2010年1月

本书写给四个好人:
比尔·瑟盖拉、汤姆·史密斯、
哈利·史戴利和法兰克·崔平

紫苑草属于斑鸠菊科（Asteraceae）。它的茎高而挺直，深蓝紫色的花总是一朵朵稀疏地聚集在一束茎的末端；叶子尖而细长，下方叶面有绒毛，果实长得像种子，上面还有一对紫色的刺。紫苑草的花期是八月到十月，常见于潮湿、肥沃的土壤，分布范围东起纽约，南至佐治亚，西至路易斯安那，北则远达密苏里、伊利诺伊和密歇根。该植物的英文名称为"铁草"（ironweed），指的就是它坚韧的茎。

——改写自奥度本协会的《北美野花指南》（*Field Guide to North American Wildflowers*）

此刻我扬起一叶智慧小舟之帆,
航向较为平静的水域,
将那一片残酷的深渊抛在身后。

——但丁《净界篇》

1

弗朗西斯·费伦坐在哐啷哐啷响的老旧卡车后面，当他从圣爱格尼斯墓园的马路蜿蜒而上时，才惊觉这附近定居的死人比活人多。卡车突然间被一大片坟墓与纪念碑包围，它们的设计雷同又大得惊人，为的全是守护这些拥有特权的死者。随着卡车往前抵达那片真正声名显赫者的墓地，他越发看出此处仅限于特权人士：这些赫赫有名的男女生前呼风唤雨，死后虽然失去了钻石、皮草、马车与加长礼车，却以极大的排场被埋葬在宏伟的墓里。他们的墓地就像极为安全的保险箱，或像雅典卫城的局部。啊！是的，当然了，平民百姓也出现了。他们成排躺在造型简单的墓碑和比墓碑更简单的十字架下。这里是费伦家族的墓地。

卡车载着弗朗西斯靠近他母亲，她在坟墓里紧张地扭动；而弗朗西斯的父亲则点起烟斗，微笑地望着他母亲不自在的举措。然后他从被埋葬的那一小片土地向外看，发现儿子自从他死于火车意外后变了许多。

弗朗西斯父亲抽的烟草是草根，那些草根总在困扰墓园的周期性旱灾中枯死。他将最好的草根收在口袋中，等到摸起来易碎时，再用手指捏成粉末，塞进烟斗。弗朗西斯的母亲则用枯死的蒲公英和其他深根野草编织十字架；她小心翼翼保留叶片最完整的长度，趁着野草已死但仍青绿时编织，然后再以一阵贪婪的嫌恶吃下它们。

"你看那座墓，"弗朗西斯对他同伴说，"是不是很了不起？那是亚瑟·葛罗根的墓。小时候我在奥尔巴尼这一带见过他。城里所有电力都是他的。"

"现在的他可没剩多少东西了。"鲁迪说。

"那可不一定，"弗朗西斯说，"那种家伙很会留好东西。"

亚瑟·葛罗根在仿冒的巴特农神殿墓地中躁动不安，飞扬的骨灰躁动不安，他意气风发的过去在弗朗西斯曾逝去的灵动回忆中鲜明起来。接着，卡车继续往山坡上开去。

法雷尔，路旁某座墓碑上面写着。肯尼迪，另一个上面写着。其他墓碑上则写着多尔蒂、麦凯尔汉尼、布鲁奈尔、麦克唐纳、马龙、德威尔和沃尔什。然后是两个小墓碑，上面写了费伦。

看到那一对费伦墓碑后，弗朗西斯移开目光，害怕他的男婴杰拉德或许就躺在其中一个墓碑下方。自从在换尿布时把杰拉德摔到地上后，他就再也没有面对过他，当然此刻也不想。他避开那些费伦家的墓碑，那些据推测属于其他家庭的墓地，他的推测没错，那些墓里葬着费伦家年轻的两兄弟，两人都是身材结实的运河工人。一八八四年，有人用同一个威士忌酒瓶刺死了他们，接着把他们丢进沃特弗利特市黑布酒吧前的伊利运河，还用长棍子把他们按进水里淹死。这两兄弟看着弗朗西斯，看他破烂的咖啡色斜纹布西装夹克和黑色宽松长裤，另外还有脏兮兮的救火员蓝衬衫，突然就对他产生一种并非出自血缘关系的亲密感。他的鞋子和他俩生命最后一天穿的短靴一样破旧。此外，两兄弟也在弗朗西斯的脸上读出因为酗酒而产生的寂寥伤痕，那感觉很熟悉，因为他俩在墓穴中也渐渐出现同样的伤痕。割喉莫金斯杀了他们并拿走他们仅有的四十八分钱，当时他们俩正喝得醉醺醺，毫无抵抗能力。因此即便在墓中，这两兄弟仍一脸烂醉，只能默默地对弗朗西斯说：我们为了几分钱而死去。卡车上的弗朗西斯随着车摇摇晃晃经过他们身边，眼睛瞪着大朵大朵堆满早晨天空的白云。他在阳光的热度下感受到身体里流动的活力，并将这股力量解释为来自天空的礼物。

"有点儿冷,"他说,"但今天会是好天气。"

"如果天空没吐的话。"鲁迪说。

"你这讨人厌的疯子,没人这样子说天气的。今天是好天,就这样。你干吗要说天空吐在我们身上?"

"我母亲是纯种的彻罗基族人。"鲁迪说。

"你骗人。你娘是墨西哥人,所以你颧骨很高。我才不信你是印第安人。"

"她来自伊利诺伊州史科基保留区,后来去了芝加哥,然后在瑞格利球场找到一份卖花生的工作。"

"伊利诺伊州根本没有印第安人。我在那儿从头到尾都没见过一个该死的印第安人。"

"他们不跟外人来往。"鲁迪说。

卡车经过最后一块埋葬死者的区域,然后沿着山坡往上开。五个拿鹤嘴锄和铲子的男人正在把新土翻松。卡车司机停好车,打开后挡板,于是弗朗西斯和鲁迪跳了下来,和那五个人一起把新挖的土装上卡车。鲁迪边铲土边口齿不清地大声说:"我正在数。"

"你在数什么鬼东西?"弗朗西斯问。

"虫子,"鲁迪说,"我在数一卡车的土里有多少虫子。"

"你数虫子?"

"到现在为止共有一百〇八只。"鲁迪说。

"这些臭虫,真搞得人头昏脑涨。"弗朗西斯说。

卡车全部装满后,弗朗西斯和鲁迪爬到土堆上,让司机把他们载到一个斜坡旁。这里满是刚过世的死者墓穴,穴里散发出一股腐败的甜味,那是枉死与被打扰的梦境所发出的薰香。司机似乎早已习惯这股气味。他把卡车尽量靠近新墓停妥,好让鲁迪和弗朗西斯一铲一铲地把土倒在死者身上,而司机就在车里打瞌睡。有些死者才下葬了两三个月,但棺木已经深深隐没在被雨水软化的土里。他们生前的沉重岁月在初死中寻求同等的重量,因而在每个墓穴表面形成了长方形的洞。有些棺木深得简直像在前往中土的路上。这些墓都还没立墓碑,但有几个墓装饰了粘在小棍子上的美国国旗或插在陶瓶里的褪色假花。鲁迪和弗朗西斯用土把一个又一个的洞穴填满。奥尔巴尼台球赌客路易斯(大老爹)·道根的墓碑上有个花篮,当中枯死且变为褐色的委顿剑兰上还有一抹黄。他大约一个礼拜之前才因为吸进自己的呕吐物而死。而就在此时,大老爹正设法再次回想他如何以高杆和反向侧旋的技巧击出白色母球,那徒劳的褪色记忆,接着他认出了弗朗西斯·费伦,即便已经二十年没见过他。

"不晓得这个墓底下躺的是谁。"弗朗西斯说。

"大概是某个天主教徒。"鲁迪说。

"当然是某个天主教徒，你这笨蛋，这是天主教墓园。"

"他们有时也让新教徒葬在这里。"鲁迪说。

"他们确实很爱地狱。"

"他们有时也让犹太人埋在这里。还有印第安人。"

大老爹想起他见到弗朗西斯的第一天。弗朗西斯当时在柴德威克公园替奥尔巴尼的球队打球，而就从那天起，他记住了他的嘴形。当时大老爹坐在三垒边线后方的露天看台前排，弗朗西斯在三垒，大老爹看着他为了追一颗界外高飞球爬到露天看台上。要不是弗朗西斯几乎踩在他耳朵上接住球，那颗球会正中大老爹的胸口。就在当时，大老爹看到了他成功接住球后所露出的笑容。弗朗西斯的牙齿现在几乎掉光了，但他在把新土撒在大老爹墓上时还是露出了类似的笑容。

你儿子比利救了我一命，大老爹告诉弗朗西斯。当我想吐时，是他把我头上脚下倒过来，我才没有呛死在街头。虽然后来我还是死了，但他这么做真是好心肠，但愿我能收回我对他说过的难听话。此外，让我私底下给你一点忠告吧：千万别把自己的呕吐物吸回去。

弗朗西斯不需要大老爹的忠告。他不像大老爹那样喝了酒会吐。弗朗西斯知道怎么喝，就算从早喝到晚都不会吐。任何一种含有酒精的饮料他都喝，任何一种，而且喝完还能走路，还能像每个活人一样把心里想的话说出来。到了最后，酒精会让弗朗西斯睡着，不过那是他自己的说法。在他喝够了而其他人通通醉得不省人事之时，他会像条老狗似的垂下头蜷缩着身体，把手放在两腿间保护那仅剩的宝贝，然后就这么睡去。小睡一番之后，他会醒来，再出去喝酒。他就是这么喝的。此刻他没有喝酒。他两天没喝了，但觉得还过得去。甚至还很强壮。他不再喝酒是因为钱花光了，正巧海伦觉得身体不是很舒服，弗朗西斯也想照顾她。此外，他也想在因为被控登记投票二十一次而上法庭时保持脑袋清醒。不过他虽然得去法庭，但不是为了接受审判。他的律师马库斯·戈尔曼很有一套，他在详细陈述控诉弗朗西斯的文件上找到一个错误日期，因此这案子被撤销了。马库斯一般的收费是五百元，但他只收弗朗西斯五十元，因为弗朗西斯的老邻居——报纸专栏作家马丁·多尔蒂——请他算便宜点。该付钱的时候，弗朗西斯连五十元都没有。他把钱全拿去买醉了，但马库斯还是要他拿出钱来。

"可是我没钱。"弗朗西斯说。

"那就去工作赚钱，"马库斯说，"我做事必须得到酬劳。"

"没人会给我工作，"弗朗西斯说，"我是流浪汉。"

"我会帮你在墓园找份白天的工作。"马库斯说。

他确实帮他找到了工作。马库斯和主教是桥牌牌友，所以认识所有天主教的大人物，而其中某个大人物负责管理米南兹的圣爱格尼斯墓园。今早弗朗西斯睡在桥下唐根大道的草丛里，七点左右醒来，然后去麦迪逊大道的教会里喝咖啡。海伦不在那里，她真的走掉了。他不知道她人在哪儿，也没有人看到她。他们说她昨晚在教会逗留了一阵，但后来离开了。弗朗西斯为了钱跟她吵架，所以她就这么到处乱跑，天知道她现在在哪儿？

弗朗西斯和教会中正戒酒的流浪汉一起喝咖啡、吃面包，其他一些流浪汉从他们身边经过，牧师则盯着每个人，自以为能拯救他们的灵魂。别管我的灵魂，弗朗西斯心里念着，把咖啡给我就是了。然后他便明目张胆地在那儿打发时间，用纸板火柴盒的盖子剔牙齿。此时鲁迪来了。

鲁迪换了个样子。他和弗朗西斯一样清醒，灰发梳得很整齐，胡须剃了。即便现在是十月，他仍穿了双白色麂皮鞋，此外还穿了白衬衫和有折线的裤子，不过管他的，他就是个流浪汉嘛。弗朗西斯一只鞋子没鞋带、头发凌乱又没修剪。他闻着自己的体臭，记忆中第一次为此感到羞愧，感觉自己一无所有。

"你看起来很体面，流浪汉。"弗朗西斯说。

"我去了医院。"

"为什么?"

"癌症。"

"没骗我吧?癌症?"

"他说我六个月内就会死掉。我说我要喝酒喝到死。他说你怎样大吃大喝都没有任何差别,你都会走,会因为癌症离开这个世界。我的胃坑坑洞洞,你知道我的意思吗?我说我要想办法活到五十岁。医生说你绝对办不到。我说没关系,反正又有什么差别。"

"太遗憾了,你这唠叨的老女人。有酒吗?"

"我有一块钱。"

"老天,我们有搞头了。"弗朗西斯说。

但他接着想起他欠马库斯·戈尔曼的钱还没还。

"听着,流浪汉,"他说,"你想跟我去工作,赚几块钱吗?今晚我们可以买几壶酒,找个过夜的地方。可能会很冷。看那天空。"

"去哪儿工作?"

"墓园。铲土。"

"墓园。有何不可?我是该习惯一下墓园。他们付多少钱?"

"见鬼的谁晓得?"

"我是说，他们付的是现金，或者只是在你翘辫子时给你一个免费的墓？"

"如果没钱就免谈。"弗朗西斯说，"我可不会去挖自己的墓。"

他们从奥尔巴尼市中心走到米南兹的墓园，走了大约六英里多。弗朗西斯觉得自己很健康，他喜欢这种感觉。真可惜他喝酒时从来不觉得自己健康。喝酒的感觉很棒，但不健康，尤其是早晨，或者像是三更半夜醒来的时候。有时他甚至觉得自己死了。他的头、他的喉咙、他的胃：他需要用一杯酒把它们全都顺一顺，或许要两杯才行，因为如果不这么做，他的脑子在把事情想清楚的过程中会像是要烧起来，眼睛也会爆开。老天呀，那真是太难熬了，当你需要那杯酒时，你的喉咙就像个暴露的疮。现在是早上四点，酒喝光了而店都关着，就算哪里还开着，你身上也没钱、没有可乞讨的对象。真难熬呀，老兄。难熬。

鲁迪和弗朗西斯朝百老汇街走去，当他们来到克隆尼街时，弗朗西斯觉得有一股力量把他吸了过去，要他望一眼自己出生的房子。他那些该死的兄弟姊妹都还住在里面。一九三五年他母亲终于过世，情况看来仍可挽救，当时他也回去过，但他得到了什么？他被他们踢了出来。这就是他的下场。所以在我再看它一眼之前，干脆就让所有梁柱接榫倒下来吧，把他们全埋了，他这样想着。让它腐烂。让虫吃掉它。

墓园里的凯瑟琳·费伦察觉到她儿子的火爆情绪，突然意识到死亡对她的意义即将改变。她烦躁不安，感觉自己的内里涌出一股精力，于是拔下头顶上的浅根野草，编了另一个十字架，迅速吞下肚里，但味道却让她失望。对凯瑟琳·费伦而言，野草的可口与否和草根长度成正比，因此只要草茎部分越长，十字架的味道就越令人反感。

弗朗西斯和鲁迪继续沿着百老汇街往北走，弗朗西斯右脚的鞋子在滑动，鞋子拼命摩擦他的脚跟。他特别留意那只脚，一直到他在弗兰基·李克翰的五金行前面的人行道上找到一条麻绳为止。弗兰基·李克翰。当弗朗西斯是个大孩子时，他还只是个小小孩，现在他有了自己的五金行，你又有什么呢，弗朗西斯？你有的只是一条拿来做鞋带的麻绳。走一小段路不需要鞋带，但流浪汉的脚要是没了鞋带可会疼好几个星期。你以为路上没有人长的茧比你更多，但后来你穿上另一双鞋，它又在你脚上磨出一对新的水泡。等到鞋把水泡磨出血，你又得停下脚步，就算等到水泡差不多要结痂了，你也只能再磨出新的茧。

麻绳穿不过鞋带孔。弗朗西斯把麻绳分开，再把刚好可以穿过鞋带孔一半厚度的麻绳分支编在一起，做成鞋带。

他把袜子往上拉，其实那几乎称不上是袜子，因为脚跟、脚趾、脚底都是破洞。他得弄双新袜子。他把露出来的地方尽可能用袜子垫着，然后轻轻把新鞋带绑好，确保鞋子不会滑动。然后他朝墓园走去。

"有七种严重的（deadly）罪。"鲁迪说。

"严重的？什么严重的？"弗朗西斯说。

"我是说日常的（daily），"鲁迪说，"每天的。"

"但对我来说罪只有一种。"弗朗西斯说。

"一种是偏见。"

"噢，没错，偏见。对。"

"一种是嫉妒。"

"嫉妒。是啦，没错。是有这种。"

"一种是色欲。"

"色欲，对。我的最爱。"

"胆怯。"

"谁是胆小鬼？"

"胆怯。"

"我不知道你在讲什么。这个词我不认识。"

"胆怯。"鲁迪说。

"我不喜欢这个什么胆小鬼的词。你为什么要提这个词？"

"就是懦夫的意思。懦夫会退缩。你知道懦夫会怎么做？他会跑掉。"

"不，我不认识这个词。我弗朗西斯可不是懦夫。弗朗西斯会跟任何人作战。听着，你知道我喜欢哪种罪吗？"

"你喜欢哪种？"

"诚实。"弗朗西斯说。

"那也算一个。"鲁迪说。

他们从谢克路拐到北珍珠街，沿着珍珠街往北走。他们现在住这里。圣心教堂重新油漆过，他上次看到时还没；对街的二十号公立学校则建了新网球场。这里有很多一九一六年之后盖的新房子，他之前从没见过。这就是他们住的街区。比利说的。弗朗西斯上次走上这条街时，它几乎跟个牧场没两样，因为鲁尼老头的牛会把栏杆撞坏，四处游荡，于是牛粪把马路和人行道弄得脏兮兮。你必须阻止这种情形，法官罗南告诉鲁尼。你要我怎么做，鲁尼问法官，帮牛包尿布吗？

他们走到北珍珠街的尽头，从这里进入米南兹，然后转到连接百老汇街的路上，还经过之前曾是牛头旅店的地方。弗朗西斯小时候曾看过格斯·卢蓝赤手空拳从角落里走出来。和他打架的流浪汉伸出一只手要握手，格斯给了他一拳，玩完了。不妙了。你别无选择。诚实。他们经过

13

豪金斯体育馆，现在这地方大得不像话，大概像弗朗西斯打棒球的柴德威克公园那么大。他回忆起那里还是牧场时的样子。只要打中一球，球就会一直往前滚，滚进草堆里，然后狂吠巴克里会去追球。他总能立刻找到球，真有一套。他还曾在草丛里藏了半打球以便急用。他也会在肯定是全垒打时在三垒刺杀跑者，然后吹嘘自己的战绩。诚实。狂吠巴克里已经死了。他在运冰马车上工作，对自己的马饱以老拳，然后被它踩在脚底下，是这样吗？不是啦。那太疯狂了。谁会对马饱以老拳？

"嘿，"鲁迪说，"那天我看到你的时候，你不是跟一个女人在一起吗？"

"什么女人？"

"我不知道。海伦。是啦，你叫她海伦。"

"海伦。我不知道她的行踪。"

"她会干吗，跟银行家跑了吗？"

"她不会跑的。"

"那她人在哪里？"

"谁知道？她来来去去。我没监视她。"

"这种女人数也数不清。"

"她家乡有更多这种女人。"

"她们都巴不得想认识你呢。"

"她们是为了我的袜子而来。"

弗朗西斯撩起裤管露出袜子,一只绿,一只蓝。

"你也就是个城里的普通男人。"鲁迪说。

弗朗西斯放下裤管往前走,鲁迪说:"嘿,昨天晚上那个从火星来的人,到底是怎么回事来着?医院里每个人都在讲。你在收音机里听到了吗?"

"噢,是啊。他们降落了。"

"谁?"

"火星人。"

"他们在哪里降落?"

"泽西的某个地方。"

"后来怎样了?"

"他们跟我一样不喜欢那里。"

"没开玩笑,"鲁迪说,"我听说有人看到火星人来了,就跑出城去,或者跳出窗外之类的。"

"很好,"弗朗西斯说,"他们就该这么做。不管是谁看见火星人都应该跳出窗外,最好连跳两扇。"

"你不认真看待事情,"鲁迪说,"你给人一种,我们是怎么形容的呢,轻佻的感觉。"

"轻佻的感觉?轻佻的感觉?"

"我就是这意思。轻佻的感觉。"

15

"那到底是什么意思？你又去看书了？你真是个疯疯癫癫的德国佬。我跟你这个傻瓜说过，你不该跑去看什么书，然后说别人轻佻。"

"那不是侮辱。轻佻是个好词。很好的词。"

"别管什么词，墓园到了。"然后弗朗西斯指着入口马路上方的大门，"我刚想到一件事。"

"什么？"

"墓园里全都是墓碑。"

"没错。"

"我从来没听说过哪个流浪汉有墓碑。"

他们从百老汇街沿着长长的入口马路走进墓园里。弗朗西斯对警卫室里的女人甜言蜜语了一番，他提到马库斯·戈尔曼，介绍了鲁迪，说他跟自己一样是个好工人，准备上工。她说卡车会在旁边耐心等待。接着鲁迪和他就跳上卡车，忙着铲土。

把所有墓穴的洞都填起来后，他们停下来休息，此时卡车司机已经不见踪影。因此他们坐下来，沿山坡朝下望向百老汇街，也朝上望向哈德逊河另一边的伦斯勒县和特洛伊市。在米南兹桥遥远的另一头，煤炭工厂高大的烟囱里吐出清晰可见的黑烟。弗朗西斯打定主意，这是个埋葬的好地方。此处山丘的走向很好，能一路把你带下草地，来到河流，接着在这里过河，往上穿过对岸的树林来到山坡顶端，一气呵成。能死在这里真是天时地利。你会有邻居，甚至还有些很久以前的人，例如这片草坪底下几位年代久远的死者：托比阿斯·班尼恩、伊莱夏·史基纳和爱尔西·卫波，他们全都在被雪、沙和酸性还原作用逐渐抹去名字的石灰岩墓碑底下腐化为碎屑。但永远保留姓名真的重要吗？这个嘛，对某些人来说，死亡就像生命一样，永远是盛名之累。在山坡下逐渐失去姓名的这些人，他们的后代保证更令人记忆深刻。他们的名字以双倍深度刻在山坡更高处那些新而沉重的大理石上，至少能确定他们的名字永垂不朽。

然后还有亚瑟·葛罗根。

葛罗根的巴特农神殿让弗朗西斯想起一件事，但他说不出是哪件事。他瞪着它，心想，除了大小以外，它的意义究竟何在？他对雅典卫城一无所知，对葛罗根的认识也少得可怜。他只知道他是个来自奥尔巴尼的爱尔兰人，有钱有势，过去每个人都知道他的名字。当面对如此巨大的大理石坟墓时，弗朗西斯不认为它是古老文化、现代创新与自我神话的美丽结合体。对他来说，那不过就是个大得足以容纳许多遗体的墓穴罢了。当这个念头掠过脑海时，他的回忆中浮现了草莓比尔·班森在布鲁克林的墓。这就是了。没错。一九〇八年草莓比尔担任多伦多棒球队的左外野手，当时弗朗西斯是三垒手，而在一九一六年杰拉德死后，弗朗西斯跑路了。他俩在纽堡附近一个十字路口偶遇，然后一起搭上了一辆往南的载货火车。

他们到达该市的一个星期之后，比尔就因为咳嗽死了。他死前咒骂自己苦短的人生，并且要弗朗西斯发誓担起护送遗体到墓园的任务。"我不想孤零零一个人去那里。"草莓比尔说。他没钱，所以棺木只是用几块木板随便拼起来的箱子，上面钉了几打三英寸长的钉子，弗朗西斯就是跟着这口箱子来到下葬处的。城里的司机和助手把装比尔的这堆木板卸下放在几块大木板上，然后就开着车走了。弗朗西斯留在箱子旁，让比尔习惯周围环境。"这地方不坏，老朋友。那边有两棵树。"此刻弗朗西斯身后的太阳热力四射，灿烂的光芒照耀在两块木板间的开口，也照亮了下方的空洞。眼前的景象令弗朗西斯震惊：巨大的窟窿里有一打外形粗糙的棺材，都和比尔的类似，一个叠着一个，有的侧面相叠，有的上下相叠。由于挖出的泥土够多，洞穴足以再容纳三十或四十个类似的木箱，装死人的木箱。几个星期之内，他们全会像待售的木板一样堆起来，仿佛包装好的饼干，等着被送进深不见底的胃。"现在你甭担心了，比尔，"弗朗西斯跟他的伙伴说，"这边有很多同伴。

有他们在，你能睡个觉还算幸运咧。"

弗朗西斯不想像草莓比尔一样埋在廉价公寓般的墓穴里。然而他也不想住在大得像公共澡堂的大理石神殿里。

"我不介意葬在这个地方。"弗朗西斯告诉鲁迪。

"你是这里人吗？"

"以前是。在这里生的。"

"你家人在这里？"

"有些在。"

"哪些？"

"你一直问我问题，我可会给你一箩筐答案。"

弗朗西斯认出了埋葬他家人的那座山丘。只要越过手拿宝剑垫着脚尖站在三阶大理石台阶上的守护天使就到了。天使守护的墓属于侏儒托比，他在一八九四的年德拉方旅馆大火中英勇殉难。报纸上报道托比的墓没有墓碑，后来作家老爱德华·多尔蒂便替他买了这个天使纪念碑。托比的天使指向山坡下迈克尔·费伦的墓。弗朗西斯则在天使凝望的目光下找到父亲的墓。他母亲跟这老头并排躺在一起，或许背对着他。泼妇。

在迈克尔·费伦下葬的那天，曾为草莓比尔洒下的灿烂阳光也出现了。那天的弗朗西斯哀伤到不能自已，因为火车撞到了迈克尔，让他呈弧形飞出了五十英尺远，而当时弗朗西斯正好在现场；这回忆折磨着他。弗朗西斯正把装在午餐桶里的热腾腾的午餐带去给他，而迈克尔看到弗朗西斯来了，便走向他。他安全经过缓慢行驶在远处铁轨上的调车火车头，接着转过身来，看着他来时的方向，然后往回走，笔直走到北上火车的轨道上，然而火车驶近的声响被调车火车头的当啷当啷声盖过。他飞出去了，掉下来时骨头断成一堆，弗朗西斯跑向他，他是第一个跑到他身边的。弗朗西斯想找个办法把他歪曲的身体弄直，但又不敢动他一下，因此便脱下自己的毛衣枕在父亲头底下。有太多人死时身体歪歪扭扭。

  几个铁路工人坐在约翰尼·科迪的马车后面跟着迈克尔回了家。他苟延残喘了两个礼拜，最后还是被登在讣闻头条，身份是纽约州中央铁路最有声望的铁路工头兼季节流动铁路工老大。为了让所有工人都能参加葬礼，铁路局让奥尔巴尼分局的铁路工人早上都放了假，因此当老迈克尔坐着马车搬来这墓地时，有数百人前来与他告别。太后般的老妈此后独自掌管家务，一直到进入坟墓和他葬在一起为止。不过我该做的，弗朗西斯心想，就是把墓地挖开，爬到里面，掐住她的骨骸。他还记得自己站在父亲敞开的墓穴旁时脸上的泪，也明白所有记得他在那天早上哭过的人终将死去，正如曾有人在山坡底下为托比阿斯、伊莱夏和爱尔西哭泣过,现在却没有任何证据足以证明。悲伤不留一点痕迹,记忆如融雪,全都随时间一点一滴消逝。

"我没有墓碑也没关系,"弗朗西斯对鲁迪说,"只要别独自死去就行了。"

"如果你比我先死,我会送邀请函给你。"鲁迪说。

凯瑟琳·费伦突然意识到,她那一无是处的儿子正以人皆难逃一死的语气接受自己的死亡,同时准备迎接死亡的到来,于是怒气冲冲地向丈夫表达不满。但迈克尔·费伦已随着儿子的脚步走向埋葬杰拉德的白蜡槭树底下。活人总能凭直觉接近死去亲属的所在,完全不用事先知道他们葬在何处,迈克尔每每为此讶异不已。弗朗西斯从未见过杰拉德的墓,也没参加杰拉德的葬礼。他那天的缺席是圣爱格尼斯墓园居民眼中的丑闻。但此刻他在这里,以迈克尔从未见过的微跛的脚步有目的地走来:他想消除父亲和儿子之间的隔阂,并愈合仓促死亡与长年罪恶感之间的裂缝。迈克尔对他的邻居们使眼色,暗示一场重生的行动似乎正在进行。于是这些死者(他们曾见证过自己过去的疏忽,也见证过自己逝去生命中无法衔接的裂隙)的双眼全都默默盯着弗朗西斯往山坡高处的白蜡槭树靠近。鲁迪跟在他伙伴身后,出于恭敬地保持一段距离。他意识到关键的一刻就要到来。他察觉到弗朗西斯卑屈的神情。

在插着十字架的圆形坟墓里，杰拉德一边看着父亲前来，一边思忖自己应该对这场会面采取何种行动才恰当。他是否该宽恕这男人所有的罪？不是因为失手摔了他，那是个意外，而是因为他抛弃了家庭，因为他在需要展现出坚定不移的美德时像个懦夫般远走高飞了。杰拉德的墓因为这极大的可能性而颤抖。在世的杰拉德无法发言，死去时的词汇只有单音节的婴儿咿呀声，不过死后的他反而拥有语言天分。他的沟通与理解力在死者中数一数二。他能用任何一种语言和任何一位此地居民说话，但更了不起的是，他能听懂松鼠和花栗鼠喋喋不休的交谈，以及蚂蚁和甲虫间的无声信号，还有在他头顶及身边爬行的蛞蝓和蚯蚓软绵绵黏答答的暗号。当树叶和莓果从他上方的白蜡槭树上掉落时，他甚至可以解读其中微弱流动的能量。由于无辜与背弃是他的命运，杰拉德身边已经长出一张可以使所有湿气、鼹鼠、兔子和其他穴居动物转向的保护网。他的网用鲜明的银线织成，是一张错综复杂、近乎透明、整个包覆住他的吊床。他的身体不仅免于腐朽，而且某些地方——比如那一整头头发——生长得十分完整，看来自然得像个奇迹。杰拉德以婴儿的庄严之姿长眠，全身散发出早夭所产生的高度光泽，他的皮肤是闪亮泛白的金色，指甲是银灰色，一撮撮鬈发与大眼睛更和闪亮的黑檀木成为绝配。无论就视觉或言语的艺术而言，在坟墓里以婴儿毯包裹的他都难以形容。在观者眼里的他既不美也绝非毫无缺陷，但却有着难以言喻的惊人风采，那使得他在满是无辜死者的墓园里独一无二。

弗朗西斯不用寻找就发现了这个墓。他站在墓前，重新回忆孩子从他指尖摔下去的那一刻。他祈求能抹杀时间，如此他或许能在把孩子抱起来换尿布前先在煤仓里上吊。答案当然是否定的，于是他又祈求他儿子在坟墓里得到永恒的宁静。这小男孩在他短暂的生命中不曾受苦，这倒是真的，而他颈骨断裂，死得太快，因此也感觉不到疼痛：瞬间一扭，就结束了。杰拉德·迈克尔·费伦，他的墓碑上写着，生于一九一六年四月十三日，死于一九一六年四月二十六日。生于十三日，活了十三天。一个备受宠爱的不幸孩子。

泪水湿润了弗朗西斯的双眼，当其中一滴眼泪落在鞋面上时，他身体正朝坟墓前倾。他双手抓住草地，回想起曾经紧抓的尿布，那上面有杰拉德刺鼻的尿味，因此当他用恐惧的右手用力挤时，一滴神圣的液体也滴落在鞋面上。二十二年过去了，此刻的弗朗西斯终于能以全知的视角看见、听见并感觉到当天的每一个细节：他下班后离开车库，到金·布雷迪的酒吧和邦特·堂聊棒球；和凯普·劳勒一起走回家时，他还说布雷迪的啤酒味道变重了，应该把水管清一清；还说了劳勒隔壁家那个叫泰勒的小孩大便里有绿色的蛲虫。早在他联想起亚瑟·葛罗根和草莓比尔时，被遗忘的影像就开始出现在回忆中，而此刻往事已经历历在目，宛如当下。

"我全部想起来了。"弗朗西斯告诉坟墓里的杰拉德，"自从你死后，这是我第一次试着去想那些事。那一天下班后我只喝了四瓶啤酒，所以不是因为喝醉才把你摔下去。四瓶啤酒，而且第四瓶还没喝完。我把酒放在布雷迪吧台上那罐腌猪脚旁边，然后跟凯普·劳勒一起回家。当时比利九岁。他比佩吉早知道你的死讯，因为佩吉去了合唱团，练习还没回家。你母亲在你掉下去时只说了'亲爱的主耶稣啊！'然后我们蹲下去想把你抱起来，但我们蹲到一半，看到你的样子，都停了下来。比利走进来看到你，'杰拉德的身体为什么是扭曲的？'他说。你知道吗，大约一星期前我还看到比利，这孩子看起来很体面，还想帮我买新衣服。他把我从监牢里保出来后给了我一沓钞票。我们聊到你。他说你母亲从未怪我把你摔下去。二十二年来从没向半个人说是我害你掉到地上。这女人可真了不起，不是吗？我记得你掉在地上那张黄底红方块的油布上。不过啊，就算现在的我可以光明正大地回想起这件事，你以为我就有办法遗忘了吗?"

杰拉德以无言的决心强迫父亲尽他那迫切的义务,那因为放弃家庭而必须采取的最终赎罪行动。这孩子默默地说,你不会知道这些赎罪行动是什么,直到你一一做到为止。而且在你一一做到之前,你将不会了解这些是赎罪的行为,正如你不了解所有长久以来使你备受羞辱的其他赎罪行动。因此,唯有这些最终的行动被完成,你才不会再试图因我而寻死。

弗朗西斯停止哭泣,用几乎没牙的嘴试图把一小块面包从两颗白齿中间吞下去。当他的舌头发出呼噜呼噜的吸食声时,一只扒着泥土寻找食物以便储存过冬的松鼠吓了一跳,绕着白蜡槭树往上爬。弗朗西斯把这当成他造访结束的信号,于是将目光移向天空。在东方苍穹中,一大朵宛如羊毛且白得刺眼的云从南到北移动,倏地飞过去的耀眼羊毛让这天暖和起来。风渐渐和缓,太阳上升,是正午了。弗朗西斯不冷了。

"嘿,流浪汉,"他叫鲁迪,"我们去找卡车司机。"

"你刚刚在干吗?"鲁迪问,"你认识的人葬在这里吗?"

"我以前认识的一个小孩。"

"小孩?他怎么了,很小就死了吗?"

"非常小。"

"怎么死的?"

"摔下来。"

"摔到哪里?"

"摔到地上。"

"要命,我大概每天摔到地上两次,我都没死。"

"你只是以为自己没死。"弗朗西斯说。

2

他们从墓园坐"奥尔巴尼-特洛伊-经沃特弗利特"路线的公共汽车到市中心。弗朗西斯告诉鲁迪:"花个一毛钱,你这流浪汉。"然后他们才终于踏上公共汽车。公共汽车的正面是平的,轮子上方的窗框是红色与乳白色,有流线型的设计但没有有轨电车发出的火花,不像摇晃的马车那样舒服,或像逐渐式微的有轨电车那么神采奕奕。弗朗西斯回想起有轨电车,如同回想起父亲的脸形那样亲切,因为在年轻的时候,他一直是以近距离的亲昵眼光看着有轨电车。有轨电车支配着他的人生,正如火车支配他父亲的人生。他在北奥尔巴尼客运公司的有轨电车上工作了好几年,就算要他在黑暗中拆解电车都没问题。在一九〇一年的有轨电车罢工中,他甚至为此杀了一个家伙。多么了不起的机器呀,但现在正逐渐消失。

"我们要去哪儿?"鲁迪问。

"你干吗管我们要去哪儿?你跟谁有约吗?身上有歌剧的票吗?"

"没有,我只是想知道要去哪儿。"

"反正你二十年来都不知道自己要去哪儿。"

"你有事没说。"鲁迪说。

"我们要去教会,看看那里有什么事,看有没有人知道海伦在哪里。"

"海伦叫什么名字?"

"海伦。"

"我是说她另一个名字。"

"你为什么想知道?"

"我喜欢知道别人的名字。"

"她只有一个名字。"

"好吧,你不想告诉我,没关系。"

"你说得对极了,一点关系也没有。"

"你想在教会吃饭吗?我肚子饿了。"

"我们可以在那里吃,有何不可?我们没喝醉,他会让我们进去,那浑球。有天晚上我在那里吃,喝了一碗汤,因为我饿死了。可是老天,那碗汤是酸的。那些住在那里的戒酒流浪汉,一坐下来就像头该死的猪那样猛吃,剩下的东西通通丢到锅里给你。扑通。"

"不过他准备的餐点很好吃。"

"狗屁。"

"很好吃。"

"狗屁。而且你要听完他讲道他才给你东西吃。我看那些老流浪汉坐在那里，真的很纳闷他们怎么想。你们都在干吗？乖乖坐着听他说完满口屁话？不过他们又老又疲倦，一群酒鬼。他们什么也不信。他们只是肚子饿。"

"我信，"鲁迪说，"我是天主教徒。"

"哦，我也是。这又有什么见鬼的关系？"

公共汽车沿着有轨电车的轨道从百老汇街上往南开，穿过米南兹，进入北奥尔巴尼，经过西蒙斯机械、奥尔巴尼毛毡厂、庞德面包店、东方便笺簿公司、奥尔巴尼造纸公司。接着公共汽车在北第三街让一位乘客上车，弗朗西斯望向窗外，望向他无法避开不看的昔日邻里。他望着北街的起点，然后朝着坡下的运河河床、木材区、浅滩、河流望去。布雷迪的酒吧还在街角。布雷迪还活着吗？他是个相当优秀的投手，一九一二年替波士顿球队投球，同一年弗朗西斯参加的是华盛顿球队。布雷迪退出比赛后开了这间酒吧。来自奥尔巴尼的两个大联盟球员最后回到了同一条街上。布雷迪的酒吧旁是弗朗西斯没见过的尼克熟食店，店前有戴面具的孩子——一个小丑、一个幽灵和一个怪兽——正在玩跳房子。其中一个孩子在粉笔画的方格子里跳进跳出。弗朗西斯想起现在是万圣节，幽灵到各家串门子，死人出外溜达。

"我从前住在那条街的街尾。"弗朗西斯告诉鲁迪，然后心想干吗多此一举。他无意把他生命中任何私密的事告诉鲁迪，然而整天和这呆瓜并肩工作，和他一起以不规律的节奏将土倒在死人身上，两人之间因此产生了一种不可思议的联结。鲁迪，这位认识大约两周的朋友，现在已经像是和他一同旅行到未知异国的旅伴。他头脑简单、无药可救，一如迷途羔羊，和弗朗西斯一样迷惘，只不过年轻一点。他即将死于癌症，在无知中浮沉，愚蠢、没神经、怯懦，喜欢没事就为自己的失落哭上一场；然而他的某种特质鼓舞了弗朗西斯。他们都在寻找某种行为举止，并希望以此展现他们的身份地位和说不出口的梦想。他们都熟知流浪汉的礼节、禁忌和约定。从彼此的交谈中他们了解，他们都相信这份孤寂的兄弟之情；然而从眼里的创伤中，他们又确认此种兄弟之情从未存在过，而他们唯一的信念就是不断询问：我该怎么度过接下来的二十分钟？他们害怕没酒喝、怕警察、怕狱卒、怕流浪汉老大、怕道德家、怕疯子、怕说真话的人，也怕彼此。他们喜欢说故事的人、说谎的人、妓女、拳击手、歌手、摇尾巴的牧羊犬和慷慨的恶棍。弗朗西斯心想：鲁迪这家伙不过是个流浪汉。但谁不是呢？

"你在那里住了很久吗？"鲁迪问。

"十八年。"弗朗西斯说，"旧运河闸门就在我家那里。"

"什么闸门？"

"在伊利运河上的那个，你这傻瓜。从我家前廊拿一块石头丢二十英尺远，就可以丢到运河另一边。"

"我从来没见过运河，但我见过哈德逊河。"

"当时的哈德逊河还要再过去一点点。现在也是啦。伐木区已经不在了，只剩下浅滩，他们把那里的运河填平。丛林镇就盖在上面，就在那里。上星期我和一个老家伙在那边过了一夜，他是我的老朋友。那里有火车铁轨经过，我去西边的代顿打球就是走那条铁轨。那年我的打击率是0.387。"

"那是哪一年？"

"一九〇一年。"

"那年我五岁。"鲁迪说。

"你现在几岁？八岁是吧？"

他们经过伊利街上几间旧车库，里面全都停满了公共汽车。颜色不同的建筑物比以前数量更多，但看起来和一九一六年没什么两样。一九〇一年那天，载满工贼和士兵的有轨电车驶离这个车库，大摇大摆行驶在百老汇街上，整条街一路到市中心都是弃守屈服的态势。但接着来到哥伦比亚街和百老汇街交叉口，街道的姿态改变：气氛一触即发，街上满是愤怒的罢工者和他们的女人，他们在那个街角用两条熊熊燃烧的床单把有轨电车挡在中间，而帮忙点燃上方电线的人就是弗朗西斯。骑马的士兵守卫着有轨电车；马背上的军队手持来复枪。每一个卑劣的工贼都被困在两条火柱中间。这时弗朗西斯往后退、转动他训练有素的右臂，投出那块和棒球一样重的平滑圆石，打中担任有轨电车售票员的工贼脑袋。因为看到更多石头丢过来，军队开始朝暴民开火，打死了两个男人；但弗朗西斯没有中枪。他跑向铁轨，然后沿着铁轨往北跑，跑到他的肺感觉炸开为止。他藏了起来，等了九年左右，看看他们有没有跟踪他，他们没有，但是他弟弟奇克和好友帕齐·麦考尔和马丁·多尔蒂却尾随着他；等这三人抵达他的藏身处之后，他们一起往北走，经过那一区的贮木场，到滤水厂老板（也是弗朗西斯岳父）铁汉乔·法瑞尔那里避难。他的滤水厂负责把哈德逊河的河水变成可供奥尔巴尼居民饮用的水。过了一阵子，弗朗西斯确定他无法留在奥尔巴尼附近，因为那个工贼绝对是死了，所以他跳上往北的火车。

如果往西一定会回到那个疯狂的城市，不过没关系，他先往北走一阵子，找到西向的铁路，再坐上往西走的火车，一路往西到达俄亥俄州的代顿市。

那个工贼是弗朗西斯杀的第一个人，名字是哈罗德·艾伦，是个来自马萨诸塞州伍斯特市的单身汉，也是"独立共济会"[1]成员。他有苏格兰－爱尔兰血统，自美西战争中退役但没见过战争。他原本是个四处流浪的房屋油漆工，后来在奥尔巴尼找到工贼的工作，现在则坐在公共汽车上，和弗朗西斯隔一条过道，身上穿着黑色长外套，头戴一顶司机的帽子。

你为什么杀我？哈罗德·艾伦用眼神问弗朗西斯。

"不是故意的。"弗朗西斯说。

所以你才用马铃薯大小的石头丢我？把我头颅打破？我脑袋开花死掉了。

"你活该。工贼罪有应得。我做的没错。"

这么说来，你毫不自责喽。

"你这浑蛋抢走我们的工作，哪有人这样的，谁叫你害人无法养家？"

---

[1] "独立共济会"（Independent Order of Odd Fellows, IOOF）于一八一九年创立于美国马里兰州的巴尔的摩，其内容与精神源自于十八世纪英国的兄弟会。

身为一个抛家弃子的家伙,这样的逻辑还真诡异,而且你不只那个夏天不在家,从棒球球季开始后的每个春天和夏天都不在。更何况在一九一六年时,你不是永远抛弃了他们吗?据我了解,二十二年来你甚至从来没有回家看看。

"我有我的理由。那块石头。军人可能会开枪打我呀。我必须打棒球——那是我的工作。但我又把我的小男婴摔到了地上,他死了,我无法面对。"

你是懦夫。懦夫总是逃走。

"我弗朗西斯,不是懦夫。弗朗西斯有理由,而且全都是该死的好理由。"

对于你的所作所为,你没有任何道理可以辩解。

"我有道理,"弗朗西斯大叫,"我有我的道理。"

"你有什么道理?"鲁迪问。

"在那里,"弗朗西斯说,朝车库后方的轨道指着,"我当时在这辆货车车厢上,我不知道要去哪儿,只知道要往北,但看来我安全了。火车开得不快,要不我上不了火车。我往外看,看到这个年轻人在前头发了疯似的狂奔,就像我之前那样狂奔,我看到两个人在追他,追他的其中一个看起来像警察,他在开枪。他们要开枪拦下他。但这家伙还是一直跑,我们靠近他,此时我看到他后面还有一个人。他们都朝火车跑来,我朝门附近瞄了一眼,小心不让自己被枪打中，然后看到第一个人抓住其中一列车厢的梯子，他上来了，上来了，他们还在开枪，如果我们不能在第二个家伙跳上我坐的那辆火车前穿过马路就完了，然后他抬头对我大叫：救救我！救救我！他们对他猛开枪，我当然要帮他，他们也会对我开枪呀。"

"你怎么办？"鲁迪问。

"我肚皮贴着车厢壁，移动到车厢边缘，让开枪的人很难射中我，接着我向那家伙伸出手，他抓住了，快要抓住了，我差一点就可以牢牢抓住他，然后宾果，他们射中了他正后方，就这样。玩完了。别无选择。他就这么送命了，那家伙。我滚回车厢里，没去管后来发生了什么事，就这样一直到了俄亥俄州的白厅市。活下来的那家伙摸进我那节货车车厢，他们俩都是囚犯，本来要被送去奥尔巴尼县立监狱，但遇到那场大规模有轨电车罢工，有子弹扫射什么的，因为某个家伙丢石头打死一个工贼。就因为这样，疯狂的街头暴民一阵混乱，四散奔逃，看守这两个男子的狱卒疏忽，让他们逃了。他们跑掉，躲了一阵子，又拼命跑了一段路，大约三英里，跟我一样。后来狱卒发现了他们，一路牢牢盯梢，不过他们始终没抓到第一个家伙，他就这样跟我一起去了代顿。他很感激我试图救他的伙伴，当我们在某处的调车场时，他甚至还偷了两只鸡让我们俩饱餐一顿。我们就在货车车厢里煮鸡。那家伙是个杀人犯，他在希尔克把某个女士勒死了，但没说为什么。至于被枪打中背部的那个，他是个马贼。"

"我猜你曾经被卷入不少暴力活动。"鲁迪说。

"假如你说的是见血或断头，"弗朗西斯说，"我确实晓得那滋味。"

马贼的名字是阿尔多·坎皮奥内，是一位来自意大利阿布卢利区泰拉摩镇的移民。他来美国寻找发财梦，结果找到建造巴吉运河的工作。不过科依曼镇一个卖马的工作机会使流着乡村血液的他分了神，他被捕了，然后转送至奥尔巴尼审判，逃亡时背后中枪。弗朗西斯从他身上学到的教训是这样的：生命中充满反复无常的变数和擦肩而过的遗憾；盗窃是不对的，被捕就更不对了；即便意大利人也躲不过子弹；在需要时有人伸出援手真是美事一桩。不过这一切弗朗西斯早就明白了。因此，阿尔多·坎皮奥内带给他最真实的教训并非那些理智思考所得的结果，反而是那幅景象，弗朗西斯还记得阿尔多跑向他时的那张脸。或许那就是弗朗西斯冒险救他的原因：用他自己的手，救他自己的脸。阿尔多跑向打开的货车车厢门。弗朗西斯·费伦伸出手。他的手碰触到阿尔多右手弯曲的手指。弗朗西斯弯曲着手指用力拉。接着他们两手握紧。握紧！

阿尔多向握力屈服，继续，继续，起来了！跳！快拉，弗朗西斯，快拉！然后上来，对，上来！他牢牢抓住了。那男人在空中，在弗朗西斯·费伦了不起的右手中，正朝着眼前的安全地带飞去。然后宾果，他的手放开了。宾果，他掉下来，他在地上打滚，他死了。玩完了。

公共汽车停在百老汇街和哥伦比亚街转角，就是恶名昭彰的有轨电车被燃烧的床单拦住的那个转角，阿尔多·坎皮奥内就在这时上了公共汽车。他身穿法兰绒西装和白衬衫，打着白领带，头发用发油往下梳得光滑服帖。弗朗西斯马上明白这身白色不代表无辜，而是谦卑。这男人出身低、财富少，加上犯的低下罪行，导致他以最低下的死法葬在泥土中。在另一边的世界里，他们一定给了他一套新西装。此刻他从过道走来，停在鲁迪和弗朗西斯座位前面。他伸出手，弗朗西斯觉得他的手势意义不明。它或许是阿布卢利人一个简单的问候手势，又或者是一种威胁、一个警告？它可能是向他献上迟来的谢意，甚至可能是怜悯弗朗西斯这个活得久（比他久），吃了许多苦头，并正在缓缓朝死亡迈进的男人。它可能是一个慈悲、催促，甚至欢迎弗朗西斯进入下一个世界的手势。一旦这么想，本来举起手迎向阿尔多的弗朗西斯便把手缩回来了。

"我不跟死掉的马贼握手。"他说。

"我不是死掉的马贼。"鲁迪说。

"噢,不过你看起来很像。"弗朗西斯说。

此时公共汽车已经来到麦迪逊大道和百老汇街口,鲁迪和弗朗西斯迈入了一九三八年十月最后一天六点钟雾色浓重的暗夜里。在这不受驾驭的夜晚,慈悲心永远短缺,旧的死人和新的死人一同在这片土地上游荡。

在神圣救赎教会旁寸草不生的空地上,在亮着灯的教会窗户下方,一个人倒在砂石尘土中。鲁迪和弗朗西斯看到了张开的四肢,于是停下脚步。巷弄里的躯体、水沟里的躯体,到处都是躯体,这些躯体是他永恒风景的一部分:死者以肉身形成祈祷文。这是个女人的躯体,她仿佛在泥土中漂浮:脸朝下,手臂往前伸,两腿张开。

"嘿,"他们停下来时鲁迪说,"是桑德拉。"

"哪个桑德拉?"弗朗西斯说。

"桑德拉就是桑德拉。她只有一个名字,跟海伦一样。她是爱斯基摩人。"

"你这个头昏脑涨的浑球。以为每个人不是爱斯基摩人就是切洛奇族人。"

"不,她是货真价实的爱斯基摩人。阿拉斯加铺路的时候她曾在那儿工作过。"

"她死了吗？"

鲁迪弯下腰，牵起桑德拉的手握着。桑德拉把手抽出来。

"没有，"鲁迪说，"她没死。"

"那你最好起来，离开这里，桑德拉，"弗朗西斯说，"要不然那些狗会把你咬烂。"

桑德拉一动也不动。她的发丝从了无生气的黄白色发辫中飞散出去，飘扬在尘埃中，她褪色脏污的棉质家居服在膝盖后方扭成一团，露出满是破洞与脱线的长袜，那根本称不上是一双完整的长袜。她在家居服外面穿了两件毛衣，两件都肮脏而破烂。她左脚缺了一只鞋。鲁迪弯下腰轻拍她肩膀。

"嘿，桑德拉，是我。鲁迪。你认识我吗？"

"哼。"桑德拉说。

"你还好吗？你生病了还是怎么了，或者只是喝醉了？"

"没有。"桑德拉说。

"她只是喝醉了。"鲁迪说着站起来，"她撑不住了。起不来了。"

"她在那里会冻僵的，那些狗会来把她咬烂。"弗朗西斯说。

"什么狗？"鲁迪问。

"那些狗，那些狗啊。你没看到它们吗？"

"我没看到很多狗。我喜欢猫。我倒是看到很多猫。"

"她如果喝醉了就不能进教会。"弗朗西斯说。

"没错，"鲁迪说，"如果她醉醺醺地进去，牧师会把她踢出来。比起我们他更痛恨喝醉的女人。"

"如果他不对有需要的人布道，那他见鬼的到底干吗要布道？"

"向酒鬼布道没用。"鲁迪说，"难道你喜欢对着满屋子像她这样的流浪汉布道？"

"她是流浪汉吗？或者只是个醉鬼？"

"她是流浪汉。"

"她看起来像流浪汉。"

"她这辈子一直是流浪汉。"

"不，"弗朗西斯说，"没有人会一辈子都是流浪汉。她一定曾经做过什么。"

"她做流浪汉之前是妓女。"

"做妓女之前呢？"

"我不知道，"鲁迪说，"她只提到她在阿拉斯加卖春。在那之前我猜她只是个小孩子。"

"那就是啦。小孩子既不是流浪汉也不是妓女。"

弗朗西斯在阴影里看到桑德拉掉的鞋子，他把鞋子捡回来，放在她左脚旁边，然后蹲下来对着她左耳说话。

"你在这里会冻僵，你知道吗？今晚会结霜，会冷得要命，甚至可能下雪。你听到了吗？你应该把自己弄到某个室内避寒。你晓得，前两个晚上我睡在草丛里，冷得要死，但今晚比前两晚都冷。我只走了两个街口手就冻得差不多了。桑德拉？你听得见我说的话吗？如果我帮你弄杯热汤，你会喝吗？会吗？你看起来不像会喝，但或许你会。要是喝点热汤到肚子里，你就不会那么快冻僵。还是你今晚想受冻？或许这就是为何你躺在这堆该死的泥土上。这里甚至没有野草帮你挡住吹进耳朵的风。我睡在外面时就喜欢那些高大的草。你想喝点汤吗？"

桑德拉转过头来，一只眼睛朝上看着弗朗西斯。

"你是谁啊？"

"我只是个流浪汉，"弗朗西斯说，"但我没醉。我可以帮你弄点汤。"

"帮我弄杯酒？"

"不行。没那个钱。"

"那就汤吧。"

"你要站起来吗？"

"不。我在这儿等就好。"

"你会弄得满身都是泥巴。"

"那样很好。"

"随你便,"弗朗西斯说着站起来,"不过小心那些狗。"

她抽噎着,弗朗西斯和鲁迪离开那块空地。夜晚的天空黑得像蝙蝠,风把冰刮向这世界。弗朗西斯承认对桑德拉布道是白费工夫。谁能在野草里对弗朗西斯布道?但因此阻止她到里面取暖也不对。只因为你喝醉了,并不代表你不冷。

"只因为你喝醉了,并不代表你不冷。"他对鲁迪说。

"没错,"鲁迪说,"谁说的?"

"我说的,你这只笨猩猩。"

"我不是笨猩猩。"

"你看起来像只笨猩猩。"

教会里的业余风琴手弹出直穿脑门的巨大声音,还有人用高昂的声音赞美好心的耶稣。没了他我们所有人将流落何处?这些声音来自柴斯特牧师和六个坐在礼拜堂区前排折椅上的男人,他们都穿着长袖衬衫。柴斯特牧师是个身材高大的男人,有双畸形的脚和一头凌乱的白发,另外还有一张多年前因为酗酒而总是红通通的脸。他站在讲经台后方,望向大约四十个男人和一个女人。

海伦。

弗朗西斯一进门就立刻看到她,他看到她灰色的贝雷帽拉到左边，也认出了她的黑色旧外套。她不像其他人那样手拿赞美诗，只是双臂交叉坐在那儿，大胆抗拒被柴斯特这种卫理公会教徒救赎的可能性；因为海伦是天主教徒。任何降临在她身上的救赎最好来自她的教堂，真正的教堂，唯一的教堂。

"耶稣，"牧师和他忠心耿耿的长袖衬衫男人们唱道，"耶稣圣名能除畏惧，能慰我愁烦，罪人听见好似音乐，主是生命平安……"

柴斯特牧师眼前剩下了八分之七会众，其中一些缩在大衣里，有帽子的则把帽子放在膝上，还有一些留着胡须的阴森忧郁的男人一言不发。有的马虎而口齿不清地念祷告词。有的甚至已经在打瞌睡。歌声还在继续："……耶稣能消灭罪权势，使罪人得自由；主宝血助我洗清罪债，主宝血为我流。"

主可没帮助我。弗朗西斯对自己说。再度闻到自己身上未被消灭的恶臭，那味道自从早上以来变得更重了。整天工作的汗臭，手上和衣服上干泥土的酸味，还有自诩总是吹着纯净清风的墓园所散发的腐败气味，所有气味都覆盖在他原有的恶臭上。当他扑倒在杰拉德的墓前时，过往不堪回首的人生翻涌上来，几乎令他窒息。

"耳聋的人来听主言，哑巴赞美主名；瞎眼的能看见主面，瘸腿跳跃欢欣。"

这些跛子和瘸子欢喜地把他们的赞美诗放下。柴斯特牧师从讲经台上往前倾，看着今晚的人群。一如往常，他们之中有正直的好人，实在找不到工作的人，有被贪婪、怠惰、愚蠢所毁灭的社会的牺牲者，当然还有因巴比伦人挥霍无度而震怒的那位上帝。这些人只是教会里短暂的过客，对他们来说，牧师只能祝他们好运，念祈祷文，供应一餐，好让他们踏上眼前的漫漫长路。牧师真正的目标是其他人：酒鬼、游手好闲的家伙、脑水肿的人和疯子。他们需要的不只是运气，而是一种有条不紊的办法，一位带领他们穿越那时代的地狱与净界的导师与向导。这年头要为人带来福音与光十分不易，信心衰退的情形比比皆是，反基督主义更是方兴未艾。《马太福音》与《启示录》中已经预言，对《圣经》的尊崇将日渐衰落，社会也将越来越目无法纪、堕落与放纵。世界、光、圣歌，不久后都将消逝，我们正目睹末世的来临，毫无疑问。

"迷失，"牧师说，然后等待这个字眼在他们损坏的大脑中的圣堂敲出回音，"噢！迷失，永恒的迷失。绝望、迷失的男人和女人，谁会将你们从懒惰中拯救出来？谁会在通往拯救的快速道路上载你同行？基督！基督会送你一程！"

牧师大叫"送你一程"，唤醒了半数会众。正在打瞌睡的鲁迪顿时惊醒，他左臂用力一挥，打掉了弗朗西斯手上的赞美诗。诗集"啪"一声掉到地板上，让柴斯特牧师的眼光和弗朗西斯对上。弗朗西斯点点头，牧师则回以坚毅的微笑。

牧师接着以八福作为讲道的主题。虚心的人有福了！因为天国是他们的。温柔的人有福了！因为他们必承受地土。哀恸的人有福了！因为他们必得安慰。

"噢，是的，你们这些来自贫民区的人，在我们所居住的永恒之城的贫穷街道上的兄弟们，不要为了丧志而哀伤。不要因为有柔顺的天性而害怕这世界。不要觉得哀恸的眼泪是白流的。因为这些都是开启天国的钥匙呀。"

底下的人很快又继续开始睡觉。弗朗西斯决心将脸上和手上的死人污迹洗掉，还想跟柴斯特要双新袜子。柴斯特拿袜子给打算戒酒的酒鬼时最开心了。给饥饿的人食物吃，给清醒的人衣服穿。

"你们准备好接受理智与情感上的平静了吗？"牧师问，"今晚这里有没有人想过不同的人生？上帝说：来我身边。你们是否相信他的话？现在可否站起来？到前面跪下，让我们聊一聊。只要你们现在这么做，就能被拯救。现在。现在。现在！"

没人移动。

"那么,阿门,兄弟们。"牧师恼怒地说,然后走下讲经台。

"该死,"弗朗西斯对鲁迪说,"现在我们可以喝汤了。"

大家匆忙来到餐桌前,热心的教会义工开始倒咖啡、舀汤和切面包。弗朗西斯找到替柴斯特管理教会的老好人皮威,向他要了一杯汤给桑德拉。

"应该叫她进来,"弗朗西斯说,"她在外面会冻僵。"

"她之前在屋里,"皮威说,"牧师不让她留下来。她醉得很厉害,你知道他对此很介意。他不在意给杯汤,但是拜托你,别说汤给了谁。"

"秘密的汤。"弗朗西斯说。

他把汤拿到后门,拉了鲁迪跟他一起,然后穿过空地来到桑德拉之前躺的地方。鲁迪推她的背,让她坐起来,弗朗西斯把汤端到她鼻子底下。

"汤。"他说。

"哼。"桑德拉说。

"喝下去。"弗朗西斯把杯子放在她唇边,把汤倒进她嘴里。汤从她下巴滴下来。她没吞进去。

"她不想喝。"鲁迪说。

"她想喝,"弗朗西斯说,"她只是气这不是酒。"

他又试了一次,桑德拉吞下一点点。

"刚刚在里面睡觉的时候,"鲁迪说,"我想起桑德拉想当护士,或者她以前是护士。是不是,桑德拉?"

"不是。"桑德拉说。

"什么不是?想当护士还是以前是护士?"

"医生。"桑德拉说。

"她想当医生。"弗朗西斯一边说,一边把更多汤往她嘴里倒。

"不是。"桑德拉说着把汤推开。弗朗西斯放下杯子,把那只破烂的鞋套上她左脚。他把轻飘飘的她抬起来,抱到教会墙角,扶她坐好,背靠着建筑物,这样稍微可以挡点风。他用手抹去她脸上那层尘土,然后端起汤,又给了她一口。

"医生叫我去当护士。"她说。

"但你不想。"弗朗西斯说。

"想,但他死了。"

"啊,"弗朗西斯说,"爱情?"

"爱情。"桑德拉说。

回到教会,弗朗西斯把杯子还给皮威。他把剩下的汤倒进水槽。

"她还好吗?"皮威问。

"好极了。"弗朗西斯说。

"连救护车也不愿再把她载走。"皮威说,"除非她流血流到快死了。"

弗朗西斯点头,然后走进厕所。他把桑德拉沾到他手上的泥土和自己的污垢洗掉。接着他洗脸、脖子和耳朵;洗完之后他又洗了一遍。他把水泼到嘴边,用左手无名指刷牙。然后把头发弄湿,用九根手指头梳一梳,再用绑在墙上的湿毛巾把脸擦干。此时已经有些人离开了,他拿起汤和面包坐在海伦身边。

"你躲到哪儿去了?"他问她。

"你根本不在乎谁在哪里或不在哪里。我可能已经在街上死了三次,反正你也不会知道。"

"你当时像个疯女人,一边吼一边跺脚地跑了。我会知道才有鬼。"

"谁在你身边不会发疯?你把我们的每分钱都花掉了。你失去理智了,弗朗西斯。"

"我现在有点钱。"

"多少?"

"六块钱。"

"哪儿来的?"

"我在墓园该死地做了一整天,把墓坑的土填满。我辛苦工作。"

"真的吗，弗朗西斯？"

"我说的是一整天。"

"那太好了。而且你完全没喝醉，还在吃东西。"

"也没喝酒。我甚至没抽烟。"

"噢，好极了。我真以我的好男孩为荣。"

弗朗西斯大口喝汤，海伦则笑着小口喝掉最后一点咖啡。现在一半以上的人都已经离开餐桌，坐在弗朗西斯对面的鲁迪还心不在焉地吃着。皮威和他那些热心的义工乒乒乓乓地收拾碗盘拿进厨房。牧师喝完咖啡，大步走向弗朗西斯。

"很高兴看到你没喝醉。"牧师说。

"嗯。"弗朗西斯说。

"还有你，可爱的女士，你好吗？"他问海伦。

"再愉快不过了。"海伦说。

"如果你愿意，我想我有份工作给你，弗朗西斯。"牧师说。

"我今天在墓园工作。"

"太好了。"

"在我看来，铲土算不上是一份工作。"

"或许这个会比较好。收破烂的老罗斯肯今天到这里来找帮手。我每隔一阵子都会叫人去他那里，而我今天想到你。如果你认真戒酒,或许可以存一笔钱。"

"收破烂的,"弗朗西斯说,"要做什么?"

"坐马车挨家挨户去收东西。罗斯肯会收购旧衣服、瓶子、废金属、旧杂物、报纸,不收垃圾。他之前是自己用马车拉,不过他老了,需要一个强壮的帮手。"

"他人在哪里?"

"格林街,在桥下。"

"我会去找他,感谢你。告诉你我还会感谢什么——袜子,如果你有多的。我脚上的已经破破烂烂了。"

"什么尺寸?"

"十号。但九号或十二号我也穿。"

"我会给你一双十号的。还有,继续努力,弗朗西斯。也很高兴看到你一切都好,可爱的女士。"

"我非常好,"海伦说,"好得不得了。"他走开时她说:"他说'很高兴看到你一切都好'。我还过得去,不需要他来告诉我我过得很好。"

"别跟他争,"弗朗西斯说,"他给了我一双袜子。"

"我们要弄几瓶酒来喝吗?"鲁迪问弗朗西斯,"去哪里找个过夜的地方吗?"

"几瓶酒?"海伦说。

"我今天早上说的,"弗朗西斯说,"不行,不能喝酒。"

"有六块钱我们就能租个房间,还能把我们的行李箱拿回来。"海伦说。

"我不能把六块钱全花光,"弗朗西斯说,"我得拿一些给律师。我想我会给他两块钱,毕竟是他替我找到这份工作的。而且我还欠他五十块。"

"你打算睡哪里?"海伦问。

"你昨天睡哪里?"

"我找到个地方。"

"芬尼的车吗?"

"不,不是芬尼的车。我不会再去那里过夜了,你知道的。我绝对不会在那辆车上再待一晚。"

"那你睡哪里?"

"你又睡哪里?"

"我睡在草丛里。"弗朗西斯说。

"我找到床睡了。"

"哪里,该死,在哪里?"

"在杰克家。"

"我以为你已经不喜欢杰克,也不喜欢克莱拉了。"

"我不怎么喜欢他们,但是他们在我需要时给了我一张床。"

"那倒是很值得一提。"弗朗西斯说。

皮威手上拿着第二杯咖啡坐在海伦面前。皮威又秃又肥，嘴里成天嚼着没点燃的雪茄烟。他年轻时替人剪头发，但他太太不但把他银行账户的钱提光、毒死他的狗，还跟另一个理发师跑了，因为皮威凭借辛苦工作及高人一等的才能让对方失了业。所以皮威开始喝酒，最后变成了流浪汉。不过他走到哪儿都带着梳子和剪刀，以证明他的才能并非只是流浪汉的空想。他会以十五分钱（有时是五分钱）的价格替其他流浪汉理发，现在则在教会里替人免费剪头发。

一九三五年，弗朗西斯回到奥尔巴尼时第一次遇见皮威，两人一起喝酒喝了一个月。后来弗朗西斯又出现在奥尔巴尼，只回来几星期，为了五元一张票的报酬登记投票给民主党，这时他再次遇见了皮威。弗朗西斯登记投票二十一次，后来州警逮到他，让他成了奥尔巴尼的政治名人。当时政客付了他五十元，还欠他五十五元，但他可能永远也见不到这笔钱了。弗朗西斯第二次遇见的皮威已经戒酒，精力充沛，替柴斯特经营教会。现在的皮威很平静，不再是过去那个唱着歌的醉汉。弗朗西斯依旧对他有好感，但现在只把他当作一个感情丰富的跛子。酒是戒了，没错，但代价是什么？

"你知道是谁在镀金鸟笼酒吧演奏吗？"皮威问弗朗西斯。

"我没看报纸。"

"奥斯卡·瑞欧。"

"你是说我们认识的奥斯卡?"

"就是那家伙。"

"他在那里干吗?"

"酒保歌手。挺落魄的,不是吗?"

"我们之前在收音机上听到的那个奥斯卡·瑞欧?"海伦问。

"就是那家伙。"皮威说,"他酗酒,把大好前途搞砸了,现在戒了酒在做酒保。但至少他还活着,即使景况与往昔大大不同。"

"皮威和我在纽约跟他狂喝了几天。有两三天,不是吗,皮?"

"大概有一星期吧,"皮威说,"我们喝到全都站不起来,搞不清楚东西南北,"皮威说,"他唱了几百首歌,每一个有钢琴的地方他都弹上一曲。他是我见过的最有音乐才华的酒鬼。"

"我以前常唱他的歌,"海伦说,"《印度爱人》、《乔琪是我的苹果派》,还有另外一首,一首很好听的民谣,《和你一同在桃子树下》。他写的歌都很美好,很快乐,我以前都唱过。"

"我不知道你会唱歌。"皮威说。

"噢,我当然会唱歌,而且我钢琴弹得很好。父亲过世前,我一直都在接受古典音乐教育。我念的是瓦萨学院。"

"爱因斯坦去过瓦萨学院。"鲁迪说。

"你这个笨浑球。"弗朗西斯说。

"他去那里演讲。我在报纸上看到的。"

"可能吧,"海伦说,"大家都会去瓦萨学院演讲。那是全世界最优秀的三所学校之一。"

"我们应该过去看看老奥斯卡。"弗朗西斯说。

"我不去。"皮威说。

"不要。"海伦说。

"为什么不去?"弗朗西斯说,"我们只是去打声招呼,难道你们怕我们全会因此喝个烂醉?"

"我才不怕。"

"那就去看看他。奥斯卡人很好。"

"你以为他会记得你?"皮威说。

"或许。我就记得他。"

"我也记得。"

"那就走吧。"

"我什么也不喝,"皮威说,"我两年没去酒吧了。"

"那就喝姜汁汽水。你可以喝姜汁汽水吧?"

"希望不会太贵。"海伦说。

"跟你喝的差不多,"皮威说,"一般价钱。"

"那里是个势利的地方吗?"

"只是个普通的小酒馆,老式的,不过吸引了很多贫民窟的人。半数客人都是。"

柴斯特牧师脚步轻快地穿过屋子,然后把一双灰色羊毛袜塞给弗朗西斯。他的嘴弯成愉快的新月形,宽阔的胸膛散发出阵阵善意。

"试试这双。"他说。

"感谢你给我袜子。"弗朗西斯说。

"这袜子很暖、很舒服。"

"正是我需要的。我身边没剩什么东西了。"

"不喝酒是件好事。你今天看起来很健壮。"

"这只是为了万圣节戴的假面具。"

"别看轻自己。要有信心。"

教会的门开了,一个戴着焦点眼镜的年轻人站在门框里,他胡萝卜色的头发到处乱翘,身上穿了件小两号的蓝色薄外套。他一手握住门把,刚好站在天花板电灯的正下方,所以没有投下影子。

"关上门!"皮威大吼。年轻人走进来关上门,站在那里看着教会里的一切。他的脸像个裂开的盘子,眼神惊恐而胆怯。

"他玩完了。"皮威说。

牧师大步走到门边,离年轻人只有几英寸距离,打量他,嗅闻他。

"你喝醉了。"牧师说。

"我只喝了两瓶。"

"噢,才不是。你喝的可不止。"

"真的,"这年轻人说,"两瓶啤酒。"

"你哪儿来的钱买啤酒?"

"有个家伙把欠我的钱还了。"

"你乞讨来的。"

"不。"

"你是个流浪汉。"

"我只是喝了点酒,牧师。"

"把东西收一收。我告诉过你了,事不过三。亚瑟,去拿他的袋子。"

皮威从餐桌边起身走向楼上的房间。这些房客在解决人生问题时会因陋就简地住在这里,比如牧师就曾邀请弗朗西斯住下来。只要他愿意把酒精从身体里赶走,他会有张干净的床、干净的衣服、三平方英尺空间和一个有耶稣像的房间。他可以待很久,久到足以让他回答这个问题:

接下来呢？皮威是这项纪录的保持者：他在这里待了八个月，不过三个月就把酒戒掉了，这就是他戒酒的热诚。在这里不准酗酒，楼上更不准抽烟（酒醉容易引起火灾）；你必须完成分内的工作，然后务必要提升，提升你的意志，乃至于全然拥抱只有上帝的人生。此时厨房的义工都停下手边工作，带着凝重的同情心聚集过来，亲眼见证这里最有前景的年轻人之一被逐出教会。皮威拿了一个皮箱下楼来，摆在门边。

"给我一根烟，皮。"年轻人说。

"我没有。"

"那卷一根。"

"我根本没有烟叶。"

"噢。"

"你得离开了，小红帽。"牧师说。

海伦站起来走向小红帽，放了根烟在他手里。他拿了烟但什么也没说。海伦划了根火柴把烟点燃，然后回去坐下。

"我没地方去。"小红帽吐着烟经过牧师身边。

"你在开始喝酒前就该想到这一点。你是个不听话的年轻人。"

"我没地方可以放行李。而且我的铅笔和纸放在楼上。"

"把东西留在这儿。等你把毒从身体里赶走,讲话也有条理之后,再过来拿铅笔和纸。"

"我的裤子在里面。"

"裤子会好好的。这里没人会动你的裤子。"

"我可以喝杯咖啡吗?"

"如果你能弄到钱买啤酒,你就能弄到钱买咖啡。"

"我可以去哪里?"

"我想象不出来。反正清醒后再回来,或许可以吃点东西。现在动身吧。"

小红帽转动门把,打开门,跨出一步。然后他又往回一步,指着他的皮箱。

"里面有烟。"他说。

"那去拿你的烟。"

小红帽解开皮箱的扣带,翻出一包骆驼牌香烟。他把扣带扣回去,站起来。

"如果我明天回来……"

"明天我们再看。"牧师说,然后转动门把,拉开门,引领小红帽走入夜色中。

"别把我裤子弄丢了。"门关上了,小红帽的叫声透过门上镶的玻璃传来。

最先走出教会的是穿着新袜子的弗朗西斯，他焦急地瞥了一眼建筑物角落的桑德拉。她靠墙坐在原来的地方，被黑暗紧闭的双眼犹如日行鸟类的眼睛。弗朗西斯用一根手指头用力按她，她动了一下，但没睁开眼。他抬头看着满月，一片银色的余晖替所有流血的女人与口吐白沫的疯子照亮这夜晚，巨大的阴影蔓延到他所走的小径上，也温暖了他。桑德拉开始动，他于是探身向前，把手背贴在她脸颊上，发现她的脸冷冰冰的。

"你有没有可以盖在她身上的旧毛毯或破布？任何一件流浪汉的旧外套都行？"他问皮威。皮威正站在阴影里思索这场偶遇。

"我可以拿件什么来。"皮威说，然后解开钥匙，打开门。教堂里已经一片漆黑：所有电灯都关了，只有厨房的灯会开到十一点。现在是熄灯时间了。皮威打开门进去，鲁迪、海伦和弗朗西斯则围着桑德拉挤成一团，看着她呼吸。弗朗西斯见过好几十人叹息着死去，他们全都是流浪汉，除了他父亲和杰拉德以外。

"如果我们拿刀割她的喉咙，救护车或许会来把她拉走。"弗朗西斯说。

"她不希望救护车来拉，"海伦说，"她就想这样睡去。我敢说她甚至不觉得冷。"

"她像个冰块。"

桑德拉动了。她把头转向说话声,但没有睁开眼睛。"你没酒吗?"她问。

"我没酒,亲爱的。"海伦说。

皮威拿了一块之前可能是条毛毯的铁灰色破布走出来,然后在桑德拉身上裹了大概两层。他把破布的一端塞进她毛衣领口,另一端披在她的后脑勺,做成斗篷帽的样子。那让她看来像是个穿着粗麻衣的修道院乞丐。

"我不想再看到她了。"弗朗西斯说。他在麦迪逊大道上往东走,逐渐加深的寒气使他走起来更跛。海伦和皮威跟在他身后,鲁迪则在他们后头。

"你以前认识她吗,皮威?"弗朗西斯问,"我是说她还好端端的时候?"

"当然。每个人都'认识'她。每个人都会轮到。然后她开始办爱的派对,她这么称呼它,但后来她变得很恶劣。先是爱你爱得要死,然后再狠狠咬你一口。许多男人都被她伤得很重,所以只有陌生人会跟她在一起。最后她也不找陌生人了,跑去跟一个叫佛瑞迪的流浪汉交往,他们的关系维持了一年,直到某天他丢下她,就这样跑去别的地方了。"

"被爱人抛弃是世界上最痛苦的。"海伦说。

"是啊。那小酒馆在哪里,皮威,格林街吗?"

"对。还有两三个街口远。就是以前的盖提剧院那儿。"

"我以前常去那儿。去看那些女士们的脚踝和胯下。"

"有点教养吧,弗朗西斯。"海伦说。

"我很有教养。我会是你这整个礼拜见过的最有教养的人。"

格林街上有几个小妖精和戴斗篷帽的幽灵朝他们走来,还有一个白着一张脸、头戴圆顶礼帽、手拿枴杖、嘴巴贴胡须的卓别林,另外还有一个小女孩,她戴着巨大的旧宽边女童帽,帽顶上有只假鸟,和真的一样大。

"他们要来追我们了!"弗朗西斯说,"小心!"他的手臂在空中挥舞,摇摆身体跳着吓人的舞蹈。孩子们一边大笑一边用毛骨悚然的声音嘘他。

"哟,真是个舒服的夜晚,"海伦说,"寒冷但很舒服,而且没下雪,是吧,弗朗西斯?"

"是很舒服,"弗朗西斯说,"舒服极了。"

"镀金鸟笼"的门后就是盖提剧院的旧大厅,现在它是一个酒吧的后端,内部的陈设是在模仿(并嘲笑)四十年前就消失的波瓦力酒吧。弗朗西斯站在那里,望着一对半裸的巨乳,那对巨乳在一顶棕红假发及两片猩红嘴唇之下起伏着。这对雄伟胸部的主人正站在高高的舞台上唱歌,歌中诉说城市中的苦痛:如果杰克在这里,你不会侮辱我,先生。她那欠缺音乐素养的声音嘲笑着自己的拙劣。

"她糟透了,"海伦说,"真难听。"

"是不太好。"弗朗西斯说。

他们踩过一片铺满锯木屑的地板,那里的光源本来是老旧的水晶灯和烛台,但现在已经换上电灯。他们走向一条长长的胡桃木吧台,吧台周围有一条闪亮的黄铜扶手杆和三个亮晶晶的痰盂。坐了半满的吧台后方有位在高衣领上打了蝶形领结的男人,衬衫绑了袖带,正从啤酒龙头里放四杯啤酒。在吧台外面不太显眼的位置坐着弗朗西斯认得的男男女女:妓女、流浪汉和酒吧常客。其他几桌则坐着穿西装的男人以及穿戴狐狸毛围巾和羽毛帽的女人。他们的存在如此醒目,于是所坐之处俨然成为今晚最具有社交意义的所在。所以我们知道,镀金鸟笼是个不自然的社交博物馆。酒保笑着欢迎弗朗西斯、海伦和鲁迪(这些全是流浪汉),还有他们衣着干净的朋友皮威,把他们也带入了这幅生动的图画中。

"要选桌子坐吗,各位?"

"吧台有空位就不用。"弗朗西斯说。

"来吧,兄弟。要来点什么?"

"姜汁汽水。"皮威说。

"我也要一样的。"海伦说。

"啤酒看起来很诱人。"弗朗西斯说。

酒保把一大杯啤酒滑过吧台传给弗朗西斯,然后看着鲁迪,于是他也点了啤酒。钢琴手弹了一首《她或许曾见过更美好的时光》和《我的甜心是月亮上的男人》组曲,还鼓励知道歌词的听众一起唱。

"你长得很像我一个朋友。"弗朗西斯用微笑和凝视穿透酒保。酒保留着满头银白鬈发和率性的白髭,他回望弗朗西斯,时间长到足以勾起回忆。接着他的目光从弗朗西斯移向同样面带微笑的皮威。

"我想我认得你们这两个顽皮鬼。"酒保说。

"你想得没错,"弗朗西斯说,"只不过我上次见到你的时候,你还没留那撮小胡子。"

酒保抚摸着他银白色的嘴唇:"你们害我在纽约喝得烂醉。"

"你害我们在第三大道上的每家酒吧都喝得烂醉。"皮威说。

酒保向弗朗西斯伸出手。

"弗朗西斯·费伦,"弗朗西斯说,"还有这位,德国佬鲁迪。他人不错,但有点疯癫。"

"这种人正合我意。是我的同类。"奥斯卡说。

"皮威·佩克。"皮威伸出手说。

"我记得。"奥斯卡说。

"还有这位是海伦,"弗朗西斯说,"她跟我在一起。天晓得为什么。"

"我还是叫奥斯卡·瑞欧,各位。我确实记得你们几个。但我已经不喝酒了。"

"嘿,我也不喝了。"皮威说。

"我还没戒掉,"弗朗西斯说,"我还在等退休。"

"他四十年前就退休了。"皮威说。

"才不是。我今天工作了一整天。要发财了。你喜欢我的新衣服吗?"

"挺花哨的,"奥斯卡说,"和那些时髦的家伙还真没什么不同。"

"时髦的家伙跟流浪汉,通通没两样。"弗朗西斯说。

"只不过时髦的家伙喜欢看起来像个时髦的家伙,"奥斯卡说,"而流浪汉喜欢看起来像个流浪汉。我说得对吗?"

"你是个聪明的家伙。"弗朗西斯说。

"你还唱歌吗,奥斯卡?"皮威问。

"为了填饱肚子。"

"那么该死的,"弗朗西斯说,"来一曲吧。"

"既然你那么多礼,"奥斯卡说,然后转头对钢琴手说:"'十六岁'。"琴键上立刻传来了《甜美的十六岁》的旋律。

"噢,这是一首动听的歌,"海伦说,"我记得你在收音机里唱过。"

"你记性真好,亲爱的。"

奥斯卡对着吧台的麦克风唱起来,美妙的共鸣让一切仿佛回到他们在格林威治村的时光。完全听不出酗酒的那几年曾让他声音失控。在任何一个美国人耳里,这声音就像艾尔·乔森或是莫顿·唐尼,人人都感觉熟悉;甚至连很少听收音机(无论早些年或近年来都偶尔才听收音机)的弗朗西斯都记得这属于纽约狂欢岁月的声调和颤音。对当时所有听众而言,这是首持续不断的欢乐圣歌,然而弗朗西斯却觉得和它相隔数年之遥。此外,所有流浪汉、时髦家伙和服务生对这男人的注意都证明了这酒鬼没死,也绝非垂死之人,而是活出了一段精彩的人生终章。然而,然而……此刻他在这里,以胡髭做伪装的跛子,又一个跛子,和弗朗西斯宛如兄弟的他,那老迈的、疲倦的双眼泄漏了他的伤痕。对这个男人而言,纵使曾经飞黄腾达,生命仍是个无法信守的诺言,从来没有人守得住。这男人唱着一首老歌,它之所以老并非因为年代久远,而是因为历尽沧桑。这是一首破碎的歌。一首精疲力竭的歌。

这番领悟迫使弗朗西斯不由自主招认他与生俱来的罪行，当然还有道德规范与法律所不容的每一项罪行；他被迫毫不留情地检验与揭发自己性格中的每一项缺点，无论那些缺点多么微不足道。奥斯卡，到底是什么使你沦落至此？你想把一切都告诉我们吗？你知道吗？我变成今天这个样子不是因为杰拉德。不是因为喝酒不是因为棒球其实也不是因为老妈。到底是什么搞砸了？奥斯卡。为什么从来没人知道如何替我们修复？

奥斯卡不着痕迹地接着唱下一首歌，弗朗西斯觉得他是如此才华洋溢，而他的才华与破碎人间的关系更是一个谜。怎么有人能这么了不起，却又一无所获？弗朗西斯思忖着自己在阳光下的模糊身影，那些昔日在棒球场上展现的才能：他能在每次猛烈一击后追着球的轨迹，像只老鹰追着小鸡般往前冲；他能在每次打击后精确计算球速，无论它是直直飞向他，或是唰唰穿过草地以不确定的路线朝他而来，他都会用那呈掠食动物曲线的手套接住球。有时他甚至还在跑步或者跌倒在地，才把右手伸进皮手套里，然后用那训练有素的爪子如同戳进小鸡身体般抓住球，把球迅速投到一垒、二垒，或任何必须传过去的地方，然后你就出局了，老兄，你出局了。没有球员能像弗朗西斯·费伦那样灵巧地移动，他是个顶尖的接球机器，有史以来最快的。

弗朗西斯记得他手套的颜色和形状，还有它那混合了油垢、汗水和皮革的气味，不知道安妮有没有把它留下来。他曾大放异彩、到达顶峰，在全盛时期过去后又在大联盟里待了很久，而这段过气的棒球生涯中，除了回忆和几张剪报，仅存的就是这只棒球手套。这手套见证了他登峰造极的职业生涯，允诺了迟来的荣耀，仿佛在某处有首以弗朗西斯·费伦为名大声唱出的赞美诗，为的正是称颂有史以来最他妈杰出的三垒手。

奥斯卡声音颤抖，以极度的失落唱出这首歌的高潮：当他想起失去的珍珠，落下的泪水模糊了双眼，破碎的心呼喊着，哦是的，呼喊着，昔日亲爱的女孩。弗朗西斯转向海伦，她哭得稀里哗啦，流下了净化后的泪水：海伦的大脑皮质里满是无法抹灭的悲伤影像，毕竟她这辈子都奉献给了无望的爱情，自从唱起第一首称颂爱情甜蜜的老歌，海伦就为所有失去的珍珠啜泣不已。

"噢，这首歌真动听，真动听。"奥斯卡回到啤酒龙头前加入他们时，海伦对奥斯卡说，"那绝对是我长久以来最为钟爱的歌曲之一。我自己也唱过。"

"你是歌手？"奥斯卡说，"在哪里唱？"

"噢，各个地方。音乐会，电台。我曾经每晚都在电台唱歌，不过那是好久以前的事了。"

"你应该为我们唱一曲。"

"噢，绝对不要。"海伦说。

"客人常在这里唱歌。"奥斯卡说。

"噢，不要，"海伦说，"我这么难看。"

"你看起来和这里的所有人一样美。"弗朗西斯说。

"我绝对不要。"海伦说。但她已经准备好要做她绝对不要的事，她把头发往耳后梳，拉直衣领，试图抚平她那不止于丰满的胸腹。

"要唱什么？"奥斯卡说，"乔什么都会弹。"

"让我想想。"

弗朗西斯看到阿尔多·坎皮奥内坐在屋里另一头的桌边，有人跟他坐在一起。这混账东西在跟踪我，弗朗西斯心想。他的目光停留在桌边，看见阿尔多做出暧昧不明的姿势。你要告诉我什么，死人，跟你在一起的又是谁？阿尔多在白色法兰绒外套的翻领上戴了朵白花，那是他在公共汽车上没看到的玩意儿。可恶的死人成群跑来跑去，还买花呢。弗朗西斯端详另一个男人，认不出对方是谁，他有股走上前看个仔细的冲动，但如果没人坐在那儿呢？如果除了我以外没有任何人看见这两个笨蛋呢？卖花的女孩拿了满满一篮栀子花过来。

"买朵花吧，先生？"她问弗朗西斯。

"有何不可？多少钱？"

"只要二十五分。"

"给我一朵。"

他从裤子口袋掏了二十五分钱，用女孩递给他的别针把栀子花别在海伦的领口。"好一阵子没买花给你了。"他说，"你要去那里唱歌给我们听，得稍微打扮打扮。"

海伦探身向前，亲了亲弗朗西斯的嘴唇，她在公开场合这么做时总会让他脸红。她的床笫功夫十分了得，不过那是在他们有床的时候，在他们俩还有事可做的时候。

"弗朗西斯总是买花给我。"她说，"他拿了钱，首先就是买一打玫瑰给我，或者一打白兰花。只要先买了花给我，他不在乎剩下的钱要拿去做什么。你总是为了我那么做，对不对，弗朗西斯？"

"当然。"弗朗西斯说，但他不记得买过兰花，他不知道兰花长什么样子。

"我们可是一对爱情鸟。"海伦说。奥斯卡微笑，看着酒吧内这段属于流浪汉的爱情。"我们以前在汉弥顿街上有间美丽的公寓。我们有用不完的餐盘。我们有一张沙发、一张大床、床单和枕套。没什么东西是我们没有的，是吧，弗朗西斯？"

"没错。"弗朗西斯说着,试图回想那地方。

"我们种了好几盆天竺葵,我们想办法让它们整个冬天都活着。我们还有个塞满食物的冰箱。我们吃得太好了,所以最后必须节食。那真是一段美好的时光。"

"那是什么时候?"皮威问,"我不知道你曾在任何地方待过那么久。"

"多久?"

"我不知道。如果你有间公寓,一定至少待了好几个月吧。"

"我在那里待了好一阵子,大概六星期吧,有一回。"

"噢,我们住在那里的时间比那久得多。"海伦说。

"海伦知道多久,"弗朗西斯说,"她都记得。我分不清楚哪天是哪天。"

"因为喝酒的关系,"海伦说,"弗朗西斯不肯戒酒,所以我们付不起房租,我们必须放弃我们的枕套和餐盘。那些是哈维兰瓷器,是市面上最高级的。要买就买最好的,我父亲这样教我。我们有实心桃花心木椅和那架美丽的竖式钢琴。我弟弟一直留着那架钢琴,他不想放弃,因为实在太美了,但那架钢琴是我的。一九〇九年帕德列夫斯基在奥尔巴尼时曾弹过一次。我唱的每一首歌都是用它来伴奏。"

"她钢琴弹得非常棒,"弗朗西斯说,"不骗你。你何不替我们唱首歌,海伦?"

"噢,我想我会唱。"

"你喜欢唱什么?"奥斯卡问。

"我不知道。或许唱《昔日美好的夏日时光》吧。"

"正是唱这首歌的好时机,"弗朗西斯说,"这会儿我们在外头快冻毙了。"

"不过再想想,"海伦说,"弗朗西斯帮我买了那朵花,我想为此唱首歌。你朋友会弹《他是我的好伙伴》或《我的男人》吗?"

"听到了吗,乔?"

"听到了。"钢琴手乔说,他弹了《他是我的好伙伴》副歌中的几个小节,海伦则以适合重返音乐世界的沉着与优雅姿态微笑起身,走向舞台,这是她无论如何也不应该离开的世界,噢,海伦,你到底为何要离开?她走了三个阶梯,登上舞台,被熟悉的和弦吸引向前。对海伦而言,此刻的和弦仿佛总能唤起欢乐之情,但并不是这首歌的和弦,而是来自于一整个年代的歌,三四十年来的歌,它们赞美爱,以及忠诚,以及友谊,以及家庭,以及国家,以及大自然的光辉。轻佻的莎儿宛如狂野的恶魔,但不也诚实率真?玛丽是个好伙伴,圣诞节早上从天国被派来,而爱在她身边徘徊。刚割下来的干草、银白色的月亮和被大火烧掉的家，这些都是海伦灵魂的圣殿，这些人的歌，就像她早年唱过的歌，跟随她的时间和烙印在年轻岁月里不可磨灭的古典乐一样长久，它们对她说话，说的不是她一度想达成的音乐美学的抽象巅峰，而是直接、单纯，每天川流不息的心灵与灵魂。苍白的月亮将照耀在我们成双成对的心中。我的心被偷走了，爱人啊，请别离开我。噢，我的爱人，甜美的爱人，噢，热情的爱人——这些歌告诉她——你是我的，我是你的，比永远还要多一天。你宠坏了我，宠坏了过去那个女孩，于是我的希望早已不再。用微笑把我送走吧，但请记住：你熄灭了我生命中的阳光。

爱情。

一阵怜悯之情涌上海伦胸口。弗朗西斯，噢，悲伤的男人，他是她最后的至爱，但不是她的唯一。和爱人在一起的海伦悲伤了一辈子。她的第一任真爱热烈拥抱了她好几年，但后来松开拥抱任由她一路往下滑，直到她心中的希望彻底死去。多绝望的海伦，那正是她遇见弗朗西斯时的状态。海伦走到镀金鸟笼酒吧的舞台上，走到麦克风前，听见身后钢琴弹奏的声音，她无法承受的记忆与不屈不挠的喜悦正在爆发。

她一点也不紧张，感谢大家，因为她是职业音乐家，她从不曾怯场，不管在教堂，在音乐会，在婚礼，在伍尔沃斯的廉价零售商店里卖歌谱，甚至在整个城市的听众每晚收听的广播节目里都不会。奥斯卡·瑞欧，不是只有你在广播节目里唱歌给美国人听。海伦也曾风光，她一点也不紧张。

但她……好吧，她……是个笼罩在自身困惑里的女孩，因为喜悦与悲伤同时涌上心头。接下来的片刻之间，究竟是哪种情绪将席卷全身？她不确定。

"海伦姓什么？"奥斯卡问。

"亚契，"弗朗西斯说，"海伦·亚契。"

"嘿，"鲁迪说，"那你之前为什么说她没有姓？"

"因为你听到什么都不重要，"弗朗西斯说，"现在闭上嘴巴听歌。"

"为您介绍这位真正的老牌歌手，"奥斯卡对着吧台的麦克风说，"她将为我们带来一两首动听的歌曲：可爱的海伦·亚契小姐。"

海伦穿着破旧的黑外套，没露出里面更为破旧的衬衫和裙子，她细长的双腿站在舞台上，臃肿的肚子抵着麦克风金属杆，这使得她看上去像个怀胎五月的女人。她在观众面前肆无忌惮地展示出这属于女性的灾难，并充分意识到这形象的影响力之大。然后海伦有格调地拉一拉她的贝雷帽,把它往前调整,遮在一只眼睛上头。她抓住麦克风,很有信心能延后她的灾难,至少延后到这曲结束为止。她唱起《他是我的好伙伴》,这只是首小曲,短而活泼,生动逗趣。她微微偏着头,眼波流转,手腕转动,暗示她骄傲的美德。没错,他相当强悍,她唱道,但他的爱可不假。他会把最后一块钱分给她吗?嘿,从来没有哪个百万富翁能吸引海伦。她宁可和她一星期赚十五块钱的好伴侣在一起。噢,弗朗西斯,但愿你一个星期能赚个十五块钱。

但愿你能。

掌声热烈又长久,海伦因此有了力气唱《我的男人》。那是芬尼·布莱斯美妙的传世名曲,也是海伦·摩根的。噢,海伦,你曾在广播里唱歌,但那又为你带来什么?是什么样的命运使你无法通过天赋与教育登峰造极?你是天生的明星,好多人都这么说,但登峰造极的却是他人,你被抛在后头,日渐困苦。你是如何嫉妒起那些在你失意时却崛起的人呢?那些根本不配崛起,没有天赋,没受过训练的人。像是高中同学卡拉,她五音不全但却和艾迪·坎特一起拍电影;还有爱德娜,她在伍尔沃斯十分钱连锁店待没多久,就跑到百老汇唱柯尔·波特的舞台剧,因为她知道怎样扭屁股。不过啊,海伦可开心了,因为卡拉最后坐在一辆车里冲下悬崖,而爱德娜在爱人的浴缸里割腕流血至死，只有海伦笑到最后一刻。此刻海伦正在台上唱歌，听听她在种种困境后留下的声音吧！那些衣冠楚楚的人，他们正注意聆听她的每个音符。

海伦闭上眼睛，感觉泪水夺眶而出，她分不出自己是喜极而泣还是悲从中来。在某个时间点上，这些感觉全都混在一起，反正也没什么差别，因为不管悲伤或快乐，快乐或悲伤，海伦的人生不会改变。噢，她的男人，噢，她多么爱你。你根本无法想象。可怜的女孩，此时彻底绝望。就算她走开，终有一天也会跪在地上爬着回来。她是你的人。直到永远。

噢，雷声！如雷的掌声！那些衣着讲究的人起立为海伦鼓掌，上一次出现这种场面是何时？再一首、再一首、再一首，他们吼着，她因为快乐而止不住哭泣，或者是因为失去？总之弗朗西斯和皮威也跟着哭了。人们喊着再一首、再一首、再一首，但海伦还是优雅地步下三个台阶的舞台，高高仰起头、满脸泪水却又骄傲地走向弗朗西斯。她亲了亲他的脸颊，好让所有人知道这就是她说的那个男人。要是你们没注意到的话，我们是一起进来的，就是这个男人。

老天你唱得真好，弗朗西斯说，你比任何人都棒。

海伦，奥斯卡说，那真是一流的演唱。要是想在这儿找份歌手的工作，明天过来，我去见老板，叫他付你薪水。

你的声音真了不起，女士。了不起的声音。

噢，谢谢大家，海伦说，谢谢，你们真好心。竟然有人欣赏你的天赋、你出色的训练和你与生俱来的风范，真是太荣幸了。噢，实在很谢谢你们，我会再来唱给你们听，那是一定的。

海伦闭上眼睛，感觉眼泪夺眶而出，她分不清那是喜极而泣或悲从中来。几个长相奇怪的人礼貌性地鼓掌，其他人却板着脸盯着她。如果他们板着脸，显然是不太欣赏你的演出，海伦。海伦优雅地往回步下三个阶梯，走回弗朗西斯身边，高高抬起头，他靠过来亲了亲她的脸颊。

"太好了，老女孩儿。"他说。

"真不坏，"奥斯卡说，"下回一定要再唱一遍。"

海伦闭上眼睛，感觉泪水夺眶而出，她知道她的人生没有改变。就算她离开，终有一天也会跪着爬回来。被赏识的感觉实在太好了。

海伦，只要太阳稍微露脸，你就像只画眉鸟。海伦，你总是因为阳光而变成一只耀眼的画眉鸟。但太阳下山后，你该怎么办呢？

实在很谢谢你们。

我会再来唱给你们听。

噢，多么耀眼的画眉鸟！噢！

3

鲁迪喝了六杯啤酒后已经半醉，于是离开他们前往别处；弗朗西斯、海伦和皮威则沿着格林街走回麦迪逊大道，再往东，朝教会走去。他们打算先陪皮威回家，然后在帕伦波旅馆租个房间，暖和身体，伸伸腿，好好休息一番。弗朗西斯和海伦有钱了：五块钱零七十五分。两块钱是弗朗西斯昨晚给她后花剩的；再加上他去墓园赚来的三块钱七十五分工资，不过他在镀金鸟笼花了一些，奥斯卡买给他的饮料是他自己花钱买的两倍。

午夜的城市逐渐静谧，月亮如初雪般洁白。几辆车缓缓开在珍珠街上，除此之外安静无比。弗朗西斯把外套领口翻起来，双手插进裤子口袋。在教会的墙边，月光照亮桑德拉，她就坐在原本的地方。他们停下来检查她的状况。弗朗西斯蹲下身摇晃她。

"你清醒一点了吗，女士？"

桑德拉默不作声。弗朗西斯把斗篷帽从她脸上拉开，在明亮的月光下看见她的鼻子、脸颊和下巴有齿痕。他摇摇头，想甩去这幅景象，然后看到她左手拇指和食指中间的肉和一根手指被咬了。

"狗咬了她。"

他朝街上望去，一只红眼杂种狗等在巷子里被月光照亮一半的角落，他追过去，边跑边捡了块石头。野狗往巷子里逃走，弗朗西斯却被人行道上突起来的砖头绊到脚踝，呈大字形倒在路上。他爬起来，这下野狗害他也弄流血了。他把泥土从伤口里吸出来。

他穿过马路，几个穿戴破衣与面具的小妖精从百老汇街上过来围着海伦跳舞。他们的动作越来越粗暴，就连朝桑德拉弯下腰的皮威也因此站直身体。

"果酱和果冻，胖胖的大肚子。"小妖精对着海伦大叫。她往后退缩，他们却越唱越大声。

"喂，你们这些小鬼，"弗朗西斯吼着，"走开！"

然而他们继续跳舞，一个戴骷髅头面具的小妖精用棍子戳海伦的肚子。她用手挥打骷髅头面具，另一个小妖精却抓住她的皮包，然后全部一哄而散。

"小畜生，恶魔。"海伦边喊边追着他们跑。弗朗西斯和皮威也一起拼命追赶,夜色中分不清谁才是戴骷髅头面具的家伙。小妖精跑进巷子,拐进角落,终于不见人影。

弗朗西斯回头去找远远落在后面的海伦。她哭得上气不接下气,想到损失的一切,又一阵心痛地弯下腰来。

"这些王八蛋。"弗朗西斯说。

"噢,那些钱,"海伦说,"那些钱。"

"棍子有没有弄伤你?"

"大概没有。"

"那笔钱不算什么。明天再赚。"

"那不是笔小钱。"

"什么不是笔小钱?"

"除了其他的钱,里面还有十五块钱。"

"十五块钱?你从哪儿弄到十五块钱?"

"你儿子比利给我的。他在西班牙乔治的酒吧里找到我们那晚,你喝醉了,他给了我们五十块,那是他身上全部的钱。我给你三十块,留下十五块。"

"我把所有口袋都翻过了。没看到钱。"

"我把钱别在衬里,这样你才不会拿去喝酒。我想拿回我们的皮箱。我想再住进我们的房间,花一星期好好休息。"

"你这该死的女人,现在我们一毛钱都没了。都是你跟你那该死的贼方法。"

皮威无功而返。

"这附近有些小鬼很恶劣,"他说,"你没事吗,海伦?"

"嗯,还好。"

"你没受伤?"

"看得到的地方都没有。"

"桑德拉,"皮威说,"她死了。"

"还不止呢。"弗朗西斯说,"她被咬掉一些肉。"

"我们得把她带到屋里去,狗才不会再咬她,"皮威说,"我去叫警察。"

"把她带进去好吗?"弗朗西斯问,"她身体里都是毒。"

皮威不发一语,打开教会的门。弗朗西斯把桑德拉抱进屋内。他把她放在教会靠墙的旧长凳上,然后用那条粗糙的毯子盖住她的脸。那条毯子已经成为她在世界上拥有的最后一件礼物。

"如果有玫瑰经,我就可以替她读经。"海伦坐在长凳旁的椅子上看着桑德拉的尸体说,"但玫瑰经在我皮包里。我二十年来都带着它。"

"明早我会去空地和垃圾桶里找找,"弗朗西斯说,"它会出现的。"

"我敢打赌,桑德拉一定祈求自己死去。"海伦说。

"嘿。"弗朗西斯说。

"如果我是她就会这么做。她已经活得不像个人了。"

海伦看看钟:十二点十分。皮威正在打电话给警察。

"今天是天主教的圣日,"她说,"是诸圣节。"

"没错。"弗朗西斯说。

"早上我想去教堂。"

"好啊,去教堂吧。"

"我要去。我想望弥撒。"

"去啊,但那是明天的事。今晚怎么办?我怎么安顿你?"

"你可以睡这儿,"皮威说,"床都满了,但你可以睡长凳上。"

"不,"海伦说,"我才不要。我可以去杰克家。他说过了,如果我想,我可以回去。"

"杰克说的吗?"弗朗西斯问。

"他自己说的。"

"那我们快走吧。杰克人不错。克莱拉是个疯婊子,但我喜欢杰克,以前就喜欢他。你确定他这么说过?"

"'欢迎随时回来',我出门时他这么说。"

"好。那我们动身吧,老友,"弗朗西斯对皮威说,"你会想办法处理桑德拉吧?"

"后续的事我会处理。"皮威说。

"你知道她姓什么吗？"

"不知道，从来没听过。"

"现在也无所谓了。"

"向来都无所谓。"皮威说。

弗朗西斯和海伦沿着珍珠街往国土街走去，两个世纪以来，这条街一直都是城市生活中心。一辆有轨电车爬上国土街陡峭的斜坡，另一辆则朝他们而来，沿着珍珠街往南摇摆而去。有个家伙走出沃道夫餐厅，用大衣衣领盖住脖子，打了个哆嗦，然后继续往前走。弗朗西斯的手指冻麻了。路边停靠的汽车顶上结了大量的霜，黑夜中的行人呼出的气如同跳舞的羽毛。国土街中央有一个下水道出入孔，蒸气从里面冒出来，消失在空中，这景象让弗朗西斯对地底产生幻想：一根水管被拴进巨大人头的耳朵，于是蒸气从逐渐溃烂的头骨伤口中升起。

阿尔多·坎皮奥内沿着弗朗西斯和海伦对面的北珍珠街走，他举起右手做出暧昧不明的手势，那手势弗朗西斯在酒吧里也见过。弗朗西斯正想揣测意义为何，和阿尔多坐在一起的男人就从阴影中走到亮晃晃的街灯下。于是阿尔多的手势清楚了：他想把迪克·杜蓝介绍给弗朗西斯，他就是想用切肉刀砍断弗朗西斯双脚的流浪汉。

"我今天到那孩子的墓去了。"弗朗西斯说。

"哪个孩子?"海伦问。

"杰拉德。"

"噢,你去了?"她说,"那是你第一次去,对吧?一定是的。"

"对。"

"你最近都在想他。上礼拜也提到了他。"

"我一直都在想他。"

"你是怎么啦?"

弗朗西斯看着展开在他眼前的道路:珍珠街,这城市的主轴。这城市曾经属于他,但他失去了。这些商店与墙面都令他心烦意乱:那么多他听也没听过的新商店倒了,但有些还在:惠特尼百货公司、迈尔斯百货公司、矗立在柯林顿广场上年代久远的第一教会,还有普鲁伊恩图书馆。走着走着,鹅卵石变成花岗岩,住宅变成商店,生命老去、死亡,又重新来过,在想不起前者也无法诠释后者的眼睛里,曾有过的事物和可能发生的事物景象重叠。要是当初不用离开,弗朗西斯,你愿意拿什么来换?

"我说,你是怎么了?"

"我没怎么。只是在想一大堆事。这是条老街,曾经属

83

于我的街，很久很久以前。"

"你应该趁当时把它卖了。"

"钱？我又没在谈钱。"

"我也不觉得你在谈钱呀。真好笑。"

"一点儿也不好笑。我说我看到杰拉德的坟墓。我和他说了话。"

"说话？你怎么跟他说话？"

"就站在那里对着该死的草地说话。我大概已经变得跟鲁迪一样疯。他连裤头都提不住，一直掉到鞋上。"

"你没疯，弗朗西斯。那是因为你在这里。我们不应该在这里。我们应该去别的地方。"

"没错。我们就该去所谓的'别的地方'。"

"今晚别再喝了。"

"听着，别啰里巴唆的。"

"我要你保持清醒，拜托。我要你保持清醒。"

"我会是你这整个星期见过的最清醒的家伙。我清醒得不得了。我会是你这星期见过的最清醒的家伙。发生在对街的那件事，总之，发生的事情是，比利告诉我一些有关安妮的事。我从没跟你说过。比利说她从没提过我把他摔到地上的事。"

"从没提过？跟警察也没有？"

"从没跟任何人说过。没跟半个该死的家伙说过。没跟比利说,没跟佩吉说,没跟她的兄弟姊妹们说。你听过这么了不起的事吗?我不懂怎么有女人能经历这种事却不跟任何人说。"

"你有很多话要对这些人说。"

"没什么好说的。"

"或许你该去看看他们。"

"不要,那没什么好处。"

"那样你就可以把它从你身上弄掉。"

"把什么从我身上弄掉?"

"无论是什么,那里有东西。"

"别管我身上有什么了。人家邀请你,你为什么不待在教会里?"

"我不要他们的施舍。"

"你喝了他们的汤。"

"我没有。我只喝了咖啡。总之,我不喜欢柴斯特,他不喜欢天主教徒。"

"天主教徒不喜欢卫理公会派教徒。随便啦,都一样。而且我没看到这里有天主教教会。最近我一碗天主教的汤也没喝过。"

"我不去,就是这样。"

"那你去别的地方挨冻吧。你的花已经结冰了。"

"结冰就结冰吧。"

"至少你唱了首歌。"

"没错。桑德拉快死的时候我在唱歌。"

"她横竖都会死。她时候到了。"

"不。我不信那一套。那是宿命论。我相信我们受不了的时候就会死。我相信我们会尽可能地忍耐,但想死的时候就死了,而桑德拉决定她可以死了。"

"一点也没错。能死的时候就死了。这句话简直跟谚语一样好。"

"我很高兴我们意见一致。"海伦说。

"我们处得很好。你个性不坏。"

"你也挺好的。"

"我们人都很好。"弗朗西斯说,"我们连该死的一毛钱都没有,也没地方睡觉。我们破产了。趁杰克还没在我们眼前把灯关掉,我们得赶快去他家。"

海伦把手臂滑进弗朗西斯的臂弯里。对街则是阿尔多·坎皮奥内和生命最后几年被人称作罗狄·迪克的迪克·杜蓝,他们默默地继续往前走。

海伦把手臂从弗朗西斯身上收回来,用领子紧紧围住脖子，然后环抱住自己，双手塞进腋下。

"冷到骨子里去了。"她说。

"天气很冷，没错。"

"我是说真正的冷，冷透了。"

弗朗西斯拥着她，陪她走上杰克家的阶梯。杰克家位于谭伯克街的东边，这条街在亚伯丘上，占了三个街口，街名取自美国独立战争时的英雄姓名。在十九世纪七十与八十年代时，这里住了许多在城市中获得暴利的伐木巨子，并因此闻名，他们的房子排成一排，仿佛奢华的竞赛。这些伐木巨子是用美丽的赤褐色砂石盖的房子，但到了现在，这些房子大多被分割成杰克住的这种公寓，或者带家具的小房间。

杰克家楼下的门不用钥匙就能打开。海伦和弗朗西斯爬上宽大的胡桃木楼梯，虽然地毯老旧，房子的典雅风情却还依稀可见。弗朗西斯敲敲门，杰克开门往外看，一脸如同邪恶甲壳动物的表情。他单手把门打开一条缝，另一只手抓住门框。

"嘿，杰克，"弗朗西斯说，"我们来看你。愿意让流浪汉喝一杯吗？"

杰克把门又开大些，望向弗朗西斯身后，看见了海伦，于是垂下手臂走回公寓内。此时透过一组收音机喇叭，凯特·史密斯正唱着《卡罗来纳之月》,歌声从一个小留声机迅速涌向他们。卡罗来纳之月照耀在某个等待凯特的人身上;留声机旁的克莱拉努力在周围塞满紫色靠垫的室内便盆上保持平衡,仿佛跨坐在一只巨大的动物身上。红色床罩盖住她的腿,不过一边掉了下来,露出了克莱拉光溜溜的左腿,从大腿到屁股一览无遗。留声机旁边的桌上摆着一瓶白色液体,至于她另一边的小桌子上,为了方便倒出来,一加仑的麝香葡萄酒被斜斜搁在摇晃的架子上。此时海伦走向克莱拉,站在她身旁。

"老天呀,每年的这个时候可真冷,他们还希望下雪。你摸摸我的手就知道了。"

"不好意思,这是我家,"克莱拉哑着嗓子说,"我不要摸你的手,或是摸你的头。我一点雪都没见到。"

"喝杯酒。"杰克对弗朗西斯说。

"当然好。"弗朗西斯说,"大概六点时我喝了碗汤,但一下子就没了。我待会儿得吃点东西。"

"我才不管你要不要吃。"杰克说。

杰克走到厨房,弗朗西斯问克莱拉:"觉得好点了吗?"

"没有。"

"她拉肚子。"海伦说。

"我可以自己告诉别人。"克莱拉说。

"她这星期死了丈夫。"杰克拿了两个平底空酒杯回来。他倾斜酒瓶，在每个杯子里装半杯酒。

"你怎么知道？"海伦说。

"今天在报纸上看到的。"克莱拉说。

"今天早上我带她去参加葬礼，"杰克说，"我们叫了出租车到办丧礼的家里。他们甚至没叫她去。"

"他看起来跟我嫁给他时没两样。"

"真的哦。"弗朗西斯说。

"头发外层是雪白的，只有这点不同。"

"她的孩子在那儿。"杰克说。

"讨厌鬼。"克莱拉说。

"有时我不禁想，如果我跑了或摔死了，"弗朗西斯说，"海伦可能会发疯。"

"要是你摔死，她会在你发臭之前把你埋了，"杰克说，"顶好就是这样。"

"你心肠还真好呀。"弗朗西斯说。

"你总得把死人埋了。"杰克说。

"那是天主教会的规矩。"海伦说。

"重点不是天主教会。"弗朗西斯说。

"总之，现在的克莱拉是个单身女孩。"杰克说，"我得想想该拿她怎么办。"

"我会马上回到正常生活。"克莱拉说。

"正常挺好的。"弗朗西斯说,"但正常到底是什么玩意儿?我还真想知道。正常是冷冰冰的。要命,今晚真冷。我的手指头。我得摩擦自己,看看是否还活着。你晓得的。我要问你个问题。"

"不要。"克莱拉说。

"你说不要,不要是什么意思?"

"他要问什么?"杰克说,"看看他要问什么。"

克莱拉等着。

"近来一切可好?"弗朗西斯问。

从放了留声机的桌上,克莱拉举起装有白色液体的瓶子喝了起来,此时唱针正划着凯特·史密斯唱片上的最后一道沟槽。液体流进喉咙里时她摇摇头,未梳理的油腻发丝像鞭子般跳跃。她的眼珠低垂在眼眶里,宛如塌陷的月亮。她把瓶盖盖回去,然后大口吞下麝香葡萄酒,好把那味道赶跑。她深深吸了口烟,咳嗽,然后恶狠狠地把口水吐在掌心的手帕里。

"克莱拉最近不太顺利。"杰克一边说一边关了留声机。

"我还在拉肚子。"克莱拉说。

"这个嘛,就一位生病的女士而言,你看来好极了,"

弗朗西斯说，"在我看来就跟平常一样好。"

越过玻璃酒杯的杯缘，克莱拉对弗朗西斯微笑。

"没有人，"海伦说，"问我最近好不好，但我会告诉你们。我最近好极了。好极了。"

"她醉得要命。"弗朗西斯说。

"我喝得烂醉如泥，"海伦吃吃笑着说，"几乎没办法走路。"

"你清醒得很，"杰克说，"弗朗西斯喝得才多。你没救了，对不对，弗朗西斯？"

"海伦跟着我不会有未来。"弗朗西斯说。

"我一直以为你是个聪明人，"杰克说完，把酒杯里一半的酒吞下肚，"但怎么可能，根本不可能。"

"或许你搞错了。"海伦说。

"你别插嘴，"弗朗西斯说，他跷起大拇指指着她，转过来面对杰克，"她有太多事可以把你逼疯，光是她要在哪儿过日子，要睡在哪儿，就够叫人操心了。"

"我想你能成为一个很有魅力的男人，"杰克说，"只要能保持清醒就好了。那么你的口袋里会永远有二十块钱，一星期赚个五十、七十五块钱没问题，还会有间一应俱全的体面公寓，爱喝什么就喝什么，只要你保持清醒。"

"今天我在山坡上的墓园工作。"

"一份稳定的工作？"杰克问。

"只有今天。明天我要去见个家伙，他要我帮忙搬东西。我这上了年纪的背脊还是很硬朗。"

"只要继续工作，你的口袋里就会有五十块钱。"

"假如有五十块钱，我会花在她身上。"弗朗西斯说，"或者买双鞋。另一双穿坏了，所以旧衣店的哈利给我这双鞋，他收了二十五分。他看我差不多是光着脚，就说，弗朗西斯，你不能穿那种鞋子到处走呀，然后给了我这双鞋。但它不合脚，而且只有一只有鞋带，另一只只好用麻绳绑。我口袋里有根鞋带，但还没绑上去。"

"你是说你有鞋带，但没绑在鞋子上？"克莱拉问。

"在我口袋里。"弗朗西斯说。

"那就把它绑在鞋子上。"

"大概在这个口袋里吧。你知道它在哪儿吗，海伦？"

"别问我。"

"找找看。"克莱拉说。

"她要我把鞋带绑在鞋子上。"弗朗西斯说。

"没错。"克莱拉说。

弗朗西斯停止翻找口袋，垂下双手。

"我要反悔。"他说。

"你什么？"克莱拉问。

"我要反悔，我不想找了。"

弗朗西斯放下酒，走进浴室，坐在盖子盖着的马桶上，不知道鞋带的事自己干吗要撒谎。他闻到来自胯下的恶臭，于是起身解开裤子。他从裤子里跨出来，把内裤脱掉丢进洗脸池。他掀起马桶盖坐在马桶座上，然后用杰克的肥皂和水盆里掬起的水清洗生殖器和屁股，以及这两处所有藏污纳垢的开口、缝隙与隐蔽的皱褶。他在身上冲水、抹肥皂，再冲水。他用杰克的一条毛巾擦干身体，从洗脸池里拿起内裤，把地上溅到水的地方抹干。然后他把洗脸池装满热水，浸泡内裤。他在内裤上抹肥皂，但内裤在他手里裂成两半。他只好把洗脸池里的水放掉，内裤拧干，放进外套口袋。他把门开了一条缝朝外喊："嘿，杰克！"杰克过来时，弗朗西斯用毛巾遮住他光溜溜的身体。

"杰克，老友，你有没有旧内裤？随便一条旧的。我的破到不能穿了。"

"我去找找。"

"可以借用你的刮胡刀吗？"

"自己拿。"

杰克拿了条内裤回来，弗朗西斯把它穿上。接下来，正当弗朗西斯把肥皂抹在胡子上时，阿尔多·坎皮奥内和罗狄·迪克·杜蓝进了浴室。罗狄·迪克穿着时髦的三件式蓝色哔叽西装，戴着珍珠灰无边便帽，坐在盖子盖着的马桶上。阿尔多则自在地坐在浴缸边缘，他的栀子花在寒夜中依然绽放。杰克的刮胡刀刮不掉弗朗西斯留了三天的胡子，所以他把泡沫冲掉，再次把脸泡进热水里，重新抹肥皂。就在弗朗西斯把肥皂彻底抹进胡子里时，罗狄·迪克仔细端详他，却对那张脸毫无印象。这也难怪，因为他最后一次见到他的脸是在晚上，在芝加哥离火车调车场不远的一座桥下，当时五个男人正在平分他们的钱财，那是在一九三〇年，萧条的一年。当时他们其中一人指出，就在五人头顶的桥墩上，有个之前住在这里的人刻了一首诗：

> 可怜的小羊，
> 他早晨醒来，
> 他的羊毛冷冰冰。
> 他知道他将面临的命运。
> 喂，小羊，
> 今年夏天我们就要去流浪，
> 我们会坐在树荫底下
> 喝着柠檬汁，
> 全世界都会哼着歌儿。

罗狄·迪克记得这首诗以及妹妹玛丽的笑声。玛丽滑雪橇时被碾死在马拉的雪橇滑板底下，身上还印了一条条压痕；弟弟泰德有先天性心脏瓣膜缺损的问题，他也清楚记得他临死前的悲伤皱眉。在一切发生之前，父母就抛下他们先后死去，所以他们三人和一个叔叔住在一起。然而到了最后，剩下的只有孤苦无依的迪克，成长过程历尽艰辛的迪克。他在码头工作，在泰德隆市找到一个堪称安稳的家，常常打烂龌龊醉鬼、油腻扒手和肥胖色狼的脸。但那段日子也不长。罗狄·迪克做的每件事都不长久，然后他变成流浪汉，流落到桥下，和弗朗西斯与另外三个如今记不清面目的男人在一起。他只记得弗朗西斯的手，此刻这只手正握着一把刮胡刀，刮着他满是肥皂的脸颊。

关于那不朽的夜晚，弗朗西斯记得自己聊了棒球。他以重现难忘的童年回忆作为开场——不疾不徐，反正所有人都无处可去——并借此解释他成为三垒手的渴望。他说，他是个和男人一起打球的小男孩，他目睹他们的才华，目睹他们的怪癖，他也知道他们能扑向滚地球、接杀平飞球以及接住高飞球，在他眼里这一切轻而易举。他们在凡沃特街的马球场（莫凡尼的羊场）打球，浩浩荡荡大约一打人，其中半数会在某几周的两三个晚上下班后来练习；这些接近三十或三十出头的男人再次组队，为的就是重温少年时热爱的棒球赛。这些人当中有个名叫安迪·贺夫林，又高又瘦又忧郁，后来罹患肺结核，死于纽约州的萨拉纳克。他会投球但向来不会跑垒，用的手套指部很长，里面完全没有衬里，只有一片薄薄的皮革挡在飞快的球和安迪铁打的手掌之间。还有一个人叫温迪·埃文斯，他戴棒球帽、穿钉鞋，是个典型的运动员，他能从背后接球，能比远远的高飞球落地还要早二十分钟就定位，让那颗迟来的球出其不意地掉进他有如篮筐一般的手套；然后温迪便会喜形于色地跳起来告诉全世界：像我们这样的人所剩无几！还有游击手瑞德·酷力，在弗朗西斯年代久远的想象中，他精力充沛，老是唠叨个不停，看见每个滚地球都跳起来，仿佛那是天国大门上的黄铜门环。他戴着短手指手套，完全不想被人评断为当今世上最伟大的棒球选手——要不是对家乡亚伯丘过于热爱，他才不会让自己有限的余生囚困于此。

　　弗朗西斯的陈年往事引起罗狄·迪克非理性的妒忌。为何有人如此才华洋溢？为何他不但拥有诸多快乐往事，还拥有迷倒桥下火堆边几个流浪汉的瞎扯天分？罗狄·迪克是如此迫切，他想诉说那些他甚至从不知道自己需要诉说的事，但为何没有话语足以表露心中那些早已腐烂的尘封旧事？

好吧，他没能回答这大问题，神奇的话语也无从探寻。弗朗西斯滔滔不绝，罗狄·迪克则把报复的焦点放在他的鞋上。除了火中燃烧的木棍及木板外，那双鞋是这座芝加哥桥底下最吸引人、也最明显的东西。罗狄·迪克把手伸进衬衫。待在科罗拉多时，他就在那里藏了一把切肉刀，就放在他用纸板、油布和细绳做成的携带盒里。他把刀子从盒中抽出来，然后告诉弗朗西斯：我要把你那双该死的脚剁掉；他解释完后立刻扑上去，但即便在当时，这番解释还是不足以让弗朗西斯反应过来，因为他当时的反应不如此刻在杰克浴室里那么灵活。现在的他浑身是劲，充满爆发力；然而当天稍早罗狄·迪克喝了太多买来的私酒，那些酒便宜到有碍健康，因此就在他恢复冲劲之前，弗朗西斯把切肉刀转了个方向，让它不是对准自己的脚，而是对准自己的头。他失去了三分之二的右手食指和鼻子中央约八分之一英寸的肉，他流了血，然后猛地身子一偏，用力道减弱的手把切肉刀从罗狄·迪克手上打掉。他抓住罗狄·迪克的裤腿和腋下把他甩出去，噢愤怒的小羊啊，他把他甩到桥墩下刻着那首诗的地方，像甩攻城槌那样。罗狄·迪克的头颅从左颅顶骨裂到枕骨鳞状区域中间，他血流不止、失去意识、脑浆四溅，当下就死了。

对于这段失控的状况，弗朗西斯只记得自己逃亡的冲动。在他放弃拼命蛮干之后，这熟悉的念头总会出现——过去的他总爱这么做。他以所知的全部方式尽可能快速搜寻不见的手指头，断定它已经飞到泥土与杂草深处，借任何人之手也无法寻获，接着他短暂地停下来侦察——并非因为可能找回整个鼻子，而是因为可能找到显眼的鼻子碎屑——然后开始奔跑，边跑边重新回到一种既舒畅又自然的状态：打击之后的跑垒、逃开控诉、逃开男男女女的诽谤、逃开家庭、逃开束缚、逃开仪式性矫正造成的灵魂匮乏，到头来这奔跑是为了满足他精神癖性而追求的纯粹逃亡。

他好不容易来到一个货车调度场，发现一辆空货车的车厢门开着，因此走了进去，走入未完成的状态中，再次离去：这正是他生命到目前为止的写照。来到南弯，他走进一家医院，实习医生问他：那根手指在哪里？弗朗西斯说：在野草里。那鼻子呢？那块鼻子上的肉呢？要是你把那块肉拿来给我，我们或许可以把它接回去，你甚至不会记得它掉下来过。

这时所有的血都不流了。弗朗西斯再次躲掉一再试图切断他生命线的致命力量。

他止住了伤口的血。

优柔寡断的他，在乖舛多变的命运前站定了。
噢，不可思议的男人，
他止住了死亡本身。

弗朗西斯用毛巾把脸擦干，扣起衬衫纽扣，穿上外套和裤子。他对罗狄·迪克点头，为取他性命而致歉，也希望迪克了解他并非蓄意杀他。罗狄·迪克笑着脱帽致意，头顶周围散发出光芒。弗朗西斯看见迪克头盖骨的裂缝从发间穿过，宛如一条亮晶晶的河流，于是弗朗西斯知道罗狄·迪克在天堂里，或者很接近天堂，因此才会呈现出上帝手下的天使特性。迪克把帽子戴回去，连那帽子也射出一道光，仿佛太阳辛苦拨开一朵苍白的灰色云彩。"没错，"弗朗西斯说，"把你打得头破血流，我很抱歉，但我希望你记住：我有我的理由。"然后他对着罗狄·迪克举起那根被截短的手指。"你知道，如果你把一根手指弄丢，你就不能当牧师。有这种手的人不能望弥撒。也不能丢棒球。"他用被截短的那根手指去揉鼻子上的肿块。"这里还有个类似肿块的东西，但管它的。医生在上面贴了块大绷带，后来它越来越痒，所以我撕掉了，它就感染了。我回到医院，医生说，你不该把绷带拿下来，现在我得把它刮掉，你那里会有个更大的肿块。无论如何我都会有个肿块。管它去死，这种小肿块看起来没那么糟，是吧？我不是在抱怨。五年多来我心里没有怨恨。"

"你在里面还好吗，弗朗西斯？"海伦喊着，"你在跟谁说话？"

弗朗西斯对罗狄·迪克挥挥手，他明白自己欠下的暴行债务已多少勾销，但仍充分意识到围绕在他周遭的疯狂磨难：愤怒的磨难、酒精的磨难、失败的磨难、匮乏的磨难和恶劣天气的磨难。

阿尔多·坎皮奥内对弗朗西斯做了个手势，意思是虽然不一定如此，但祷告偶尔会得到回应，这启示对于改善弗朗西斯心情没太大用处，因为打从孩提时代以来，他就不知道自己该祷告些什么。

"喂，流浪汉，"他走出浴室时对杰克说，"给流浪汉来杯酒如何？"

"他不是流浪汉。"克莱拉说。

"对极了，我知道他不是，"弗朗西斯说，"他是个好得要命的人。一个有工作的人。"

"你怎么刮了胡子？"海伦问。

"越来越痒。四天了，胡子又长回来了。"

"你看起来确实比较体面。"克莱拉说。

"那倒是真的。"杰克说。

"我以前就知道弗朗西斯很帅,"克莱拉说,"但这是我第一次看到你把胡子刮干净。"

"我在想,不知道有多少我认识的老流浪汉死在草丛里。他们睡在那里,醒来时身上盖满雪,有些则躺在那儿死透了,冻得硬邦邦。有些站起来逃过一劫。我也是。但其他人走了也好。你旅行中有没有听过一个叫罗狄·迪克·杜蓝的家伙?"

"从来没听过。"杰克说。

"另外一个家伙,叫波科诺·彼特,他死在丹佛,冻得像块砖头。还有波契尔·费尔敦,他是在底特律翘辫子的,尿湿裤子后冻僵在人行道上。还有个疯子,人们叫他'六号房',没其他名字,尸体被发现时有一条红色冰柱从鼻子里伸出来。他们全都是老人,什么也没有,什么也不知道,又笨,又偷东西,又疯狂。还有福克斯·菲尔·图克,一个瘦巴巴的小矮子,他冻得缩成一团,下巴搁在膝盖上。他们没拉直他,反而用半个棺材把他埋了。上天垂怜,这些怪人。我敢说他们每一个都那样死掉了,我敢说他们最后全上了天堂,如果真有这样的地方。"

"我认为人死后会在地底下,到此为止,"杰克说,"不管怎么说,我对天堂向来没什么感觉。"

"总之你进不去,"海伦说,"他们在别的地方帮你留了位置。"

"我同意他说的,"克莱拉说,"谁想跟那些修女一起进天堂?真够烦人的。"

弗朗西斯认识克莱拉不到三星期,但已经看得出她一生的变化:一个喜欢得到奖赏的迷人小女孩,去卖淫,累得半死,结婚生子,抛夫弃子,又去卖淫,生病,病得很重,年华老去,变丑,跟杰克在一起,变成了妖怪。不过她大部分牙齿还在,不太糟;还有那头发,要是帮她找间美容院烫成波浪,看起来就很美了;还得让她穿新衣服、高跟鞋和丝袜;嘿,看那对奶子,还有那双腿,上面的肌肤白皙透明。

克莱拉看到弗朗西斯在打量她,于是对他眨眨眼:"以前我认识一个家伙,长得跟你很像。我爱死他了。"

"讲得跟真的一样。"海伦说。

"他喜欢我。"

"克莱拉从不缺男友,"杰克说,"我是个幸运的男人。但她病得很重。所以你们不能睡这儿。她吐司吃得很凶。"

"噢我会做吐司,"海伦说着从椅子上站起来,"你要吗?"

"如果有食欲的话,我会自己做吐司。"克莱拉说,"我要上床睡觉了。出去时记得把门锁上。"

杰克抓住弗朗西斯的手臂，把他往厨房拖，但弗朗西斯已经开始用全新的眼光看待克莱拉坐在拉屎机器中央的画面，与此同时，那部机器也默默散发着来自她败坏内脏与污水的恶臭。

当杰克和弗朗西斯从厨房回到客厅时，弗朗西斯正抽着杰克的香烟。他伸手拿酒时丢掉香烟，于是海伦发出一声抱怨。

"所有东西都掉在地上了，"弗朗西斯说，"如果流浪汉行为不检，我不怪你把他们轰出去。"

"我觉得有点晚了，"杰克说，"从前我睡两三个小时还行，但现在不行了。"

"我多久没在这里过夜了？"弗朗西斯问，"两星期，对不对？"

"噢得了吧，弗朗西斯，"克莱拉说，"你不到四天前就睡在这儿。海伦是昨天晚上。上星期天你也睡这儿。"

"我们星期天离开了。"海伦说。

"我在这里待了两晚，是吧？"弗朗西斯说。

"六晚，"杰克说，"大约一星期。"

"请恕我与你意见不同。"海伦说。

"超过一星期。"杰克说。

"我记得的不是这样。"海伦说。

"星期一到星期天。"

"噢,才不是。"

"我有点搞混了。"弗朗西斯说。

"他把很多事都搞混了,"海伦说,"希望你在那间家庭餐厅别这样把食物混在一起。"

"你不会吧。"杰克说。

"你知道吗,你很侮辱人。"弗朗西斯对海伦说。

"是一星期。"杰克说。

"你这骗子。"海伦说。

"别因为我掌握情况而叫我骗子。"

"你没大脑吗?"弗朗西斯说,"你是个上过大学的女人,你本来应该混出些名堂的。"

"我确实是上过大学的女人呀。"

"你知道,我在想的是,"杰克说,"弗朗西斯,你什么都不必给我,但等你找份工作,拿到几张钞票后,再来这里过夜。"

"握手为证。"海伦说。

"我不确定这么做好不好。"杰克说。

"你嫌我是个流浪汉。"弗朗西斯说。

"不,我不是这个意思。"杰克又替弗朗西斯倒了些酒。

"他没那个意思。"海伦说。

"我得告诉你,"弗朗西斯说,"我常想到克莱拉。"

"你喝醉了,弗朗西斯。"海伦嚷着又站起来,"你就这么醉醺醺地度过后半辈子吧。我要离开你,弗朗西斯。你疯了。你只想大口喝酒。你神志不清了!"

"我又说了什么?"弗朗西斯问,"我不过说我喜欢克莱拉。"

"那没什么大不了。"杰克说。

"我一点也不介意。"海伦说着坐下来。

"我真不晓得该拿那女人怎么办。"弗朗西斯说。

"你连今晚是否要在这里过夜都不知道吧?"海伦问。

"没有,他不会在这里过夜。"杰克说,"你走的时候把他带走。"

"我们走吧。"海伦说。

"克莱拉太不舒服了,弗朗西斯。"杰克说。

弗朗西斯喝了他的酒,把酒放在桌上,摆出踢踏舞者的姿势。

"克莱拉,你喜欢我这身新衣服吗?你没说我看起来多时髦,我这身行头。"

"你很帅气。"克莱拉说。

"没人比得上弗朗西斯。"

"别浪费时间,弗朗西斯。"海伦说。

"你越来越不客气了,你晓得吗?听着,你今晚想和我一起睡草丛吗?"

"我从没睡过草丛。"海伦说。

"从来没有?"克莱拉问。

"没有,从来没有。"海伦说。

"噢,最好是,"弗朗西斯说,"她跟我睡在火车车厢里,还有田里。"

"从来没有。你捏造的,弗朗西斯。"

"我们一起度过最坏的日子。"弗朗西斯说。

"或许你有过,"海伦说,"但我从来没有掉到谷底,也不打算掉到谷底。"

"大概也不远了。她前晚就睡在芬尼车上。"

"那是最后一次。如果到了那步田地,我会跟我家人联络。"

"你真该跟他们联络,亲爱的。"克莱拉说。

"我家人地位很高。我哥哥是有钱的律师,但我不想跟他要求任何东西。"

"有时你得开口,"杰克说,"你应该搬去跟他住。"

"可是弗朗西斯不能去。不,我已经有弗朗西斯了。要是他可以离婚,我们明天就结婚,对不对,弗朗西斯?"

"没错,蜜糖。"

"有时我们会吵架,但只在他喝酒的时候。那时的他一团糟。"

"你应该保持清醒,弗朗西斯。"杰克说,"你本来可以永远在口袋里揣二十块钱。他们需要像你这样的男人。你可以成为手到擒来的人,像那边那台一样新的留声机也行。那真是个宝贝。"

"那些鬼东西我以前也有。"弗朗西斯说。

"很晚了。"克莱拉说。

"没错,各位,"杰克说,"该上床睡觉了。"

"帮我做个三明治好吗?"弗朗西斯问,"我带走吃。"

"不要。"克莱拉说。

海伦起身大声嚷嚷,对克莱拉发飙:"你忘了你饿肚子时的遭遇吗!"

"坐下来,闭嘴。"弗朗西斯说。

"我才不要闭嘴。我记得几年前,她到我住的地方乞讨食物。我认识她很久了,我说的都是实话。"

"我从没求过人。"克莱拉说。

"他只是要个三明治。"海伦说。

"我会给他三明治。"杰克说。

"杰克不希望你再回来。"弗朗西斯跟海伦说。

"他要三明治,"杰克说,"我会给他一个三明治。"

"我知道。"弗朗西斯对他说。

"天杀的没错,我会给你一个三明治。"

"天杀的没错,"弗朗西斯说,"我早就知道了。"

"我只想要清净。"克莱拉说。

"味道重的乳酪如何。你喜欢味道重的吗?"

"我的最爱。"弗朗西斯说。

杰克走进厨房,走回寂静无声的客厅时,手上已经拿了蜡纸包好的三明治。弗朗西斯接过它,放进外套口袋。海伦站在门口。

"晚安,老友。"弗朗西斯对杰克说。

"祝你好运。"杰克说。

"回头见。"弗朗西斯对克莱拉说。

"永远不见。"克莱拉说。

走在街上时,弗朗西斯有一股跑步的冲动。在他们前进的方向,谭伯克街朝着柯林顿大道倾斜,他于是觉得地心引力在迫使他小跑步,迫使他抛下她自生自灭。夜似乎比之前更寒冷,也更澄澈,寂寥的月高挂天空。此时的北珍珠街一片空空荡荡,没有车子,没有人,第一教堂的大钟指着一点四十五分。他们走了三个街口都没说话,只是朝着来时的方向前进，走向南区，走向教会，走向草丛。

"那你现在到底要睡哪儿？"弗朗西斯问。

"我不确定，但就算他们给我丝绸床单和貂皮枕头，我也不会在那里过夜。我记得她以前卖淫，老是身无分文，结果现在姿态那么高，那么不得了。我必须表明我的看法。"

"你什么目的也没达到。"

"杰克真的不想再让我去过夜了吗？"

"没错。但他们邀我留下来。克莱拉觉得你对杰克来说是个诱惑。在我看来，如果我放点注意力在她身上，她就不会担心你，但你却那样大声嚷嚷。来。吃一块三明治。"

"我会噎住。"

"才不会。你应该高兴地吃才对。"

"我不是个假惺惺的人。"

"我也不是假惺惺的人。"

"你不是？真的？"

"你知道我要干什么吗？"他抓住她的衣领和她的喉咙，看着她的双眼大吼，"我要把你打到该死的对街去！别再跟我胡说八道。该死的女人！这就是你不能跟任何人一起过夜的原因。我可以现在就去那里睡觉。杰克说我可以留下。"

"他才没说。"

"他当然说了。但他不希望你留下。你看我三明治不就

109

要到了吗？"

"你实在是太伟大、太了不起了！"

"听好，"——他还抓着她的衣领——"你再斜眼看我一次，我就把你打趴在那辆该死的车子上。九年来你一直给我惹麻烦。你是个大麻烦，所以他们才不要你。"

有一对车子的大灯沿着珍珠街往北移动，朝他们靠近，弗朗西斯放开她。她一动也不动地瞪着他。

"你那双眼睛很厉害嘛，你知道吗？"他大声喊着，"我要打黑你的眼睛。你这白痴！你知道我要做什么吗？我要把你那件他妈的外套扯破，让你一身破烂。"

她的身体或眼睛都没动。

"我要自己吃这个三明治。一整块乳酪都是我的。"

"反正我不要。"

"看在老天的分上，我一定要吃。明天我会肚子饿，但我吃了也不会噎到。我对每件事都心怀感恩。"

"你还真是个完美的圣人。"

"你听好。改改你的脾气，否则我要杀了你。"

"反正我不吃。那是给狗吃的。"

"我要杀了你！"弗朗西斯大吼，"该死的，你听到我说的话了吗？不要把我逼疯。做个该死的好女人，去哪里找张他妈的床睡。"

他们走着但不算走在一起。他们朝麦迪逊大道走去，又在南珍珠街上往南走，折回之前的路。弗朗西斯轻抚海伦的手臂，但她移开了。

"你要和皮威一起待在教会吗？"

"不要。"

"那你要跟我在一起吗？"

"我要去打电话给我哥。"

"好呀，打给他。记得多打几次。"

"我会叫他在某个地方跟我见面。"

"你要去哪里找打电话的铜板？"

"那是我的事。老天，弗朗西斯，你喝酒之前都好好的。酒，酒，酒。"

"我去找些纸板。那里有栋旧大楼，我们去那儿。"

"警察老是突击那里，我可不想坐牢。杰克和克莱拉那么欢迎你，你为什么不在他们家过夜。"

"你这女人真的很欠揍。"

他们在麦迪逊大道上往东走，经过教会。海伦没有往里头看。他们走到格林街后，她停了下来。

"我要往下走。"她说。

"你开什么玩笑？"弗朗西斯说，"你没地方可去。有人会把你的头给打破。"

"那也不会是我遇到过的最惨的事。"

"我们一定要找个什么来遮一遮。就算是狗也不该这样流落在外。"

"这下你知道那两个高高在上的家伙有的是什么心肠。"

"跟我待在一起。"

"不要,弗朗西斯。你疯了。"

他抓住她后脑勺的头发,把她拉过来,再用双手夹住她的头。

"你要打我是吧?"她说。

"我不会打你,宝贝。我很爱你。你是不是冷得要命?"

"我不记得这两天曾经暖和过。"

弗朗西斯放开她,把西装外套脱下来披在她肩膀上。

"不要,你脱掉外套会太冷,"她说,"我有这件外套。你不能只穿衬衫。"

"根本没区别。外套没什么保暖作用。"

她把外套递还给他。"我要走了。"她说。

"不要离开我,"弗朗西斯说,"你会迷失自己。"

但她走了。弗朗西斯靠在街角的电线杆上,点燃杰克刚才给他的香烟,摸一摸杰克在厨房里私下给他的一块钱钞票,吃完剩下的乳酪三明治,然后把他的旧内裤丢进水沟。

海伦沿着格林街走到一块空地,那里有个油桶里生了一堆火。她看见对街有五个黑人围在火边,有男有女。油桶正后方的草丛里有张旧沙发,上面有个白种女人躺在黑人男性下面。于是她走回弗朗西斯等着的地方。

"我今晚不能睡外面,"她说,"会死的。"

弗朗西斯点点头,于是他们走向芬尼的车。那是一辆一九三〇年的黑色奥兹莫比,已经报废了,没有轮子,停在约翰街另一头的巷子里。有两个男人在里面睡觉,芬尼在前面的乘客座上。

"我不认识后座那个男的。"海伦说。

"你认识的,"弗朗西斯说,"那是教会的小红帽。他不会骚扰你。他敢我就把他舌头拽出来。"

"我不要进里面,弗朗西斯。"

"不管怎么说,里面很暖和。草丛里真的很冷,蜜糖,冷极了。如果你自己在街上走,他们又会马上把你抓走。"

"你坐到后面去。"

"不,没位子给我这大个子坐。腿太长了。"

"那你要去哪儿?"

"我会找高一点的草丛避风。"

"你会回来吗?"

"当然会回来。你好好睡一觉,我明天早上在这里跟你见面，不然就在教会里。"

"我不想待在这儿。"

"你一定要，宝贝。非这样不可。"

弗朗西斯把乘客座的门打开，摇摇芬尼。

"嘿，流浪汉，往旁边挪一挪，有客人。"

芬尼睁开眼睛，一脸醉容。小红帽在后面打鼾。

"你他妈的是谁？"芬尼说。

"弗朗西斯。挪过去一点，让海伦进来。"

"弗朗西斯？"芬尼抬起头。

"明天我送你瓶酒表示感谢，老兄，"弗朗西斯说，"她得进去才能避开这种天气。"

"是啊。"芬尼说。

"别介意啊，反正你把屁股移过去让她坐就是了。她不能睡在方向盘后面，她肚子状况不太好。"

"嗯哦哦。"芬尼一边应声一边移到方向盘后面。

海伦坐在前座，腿垂在车外。弗朗西斯用三只手指抚摸她的脸颊，然后垂下手。她于是把脚抬起来收进车里。

"不用害怕。"弗朗西斯说。

"我不害怕，"海伦说，"我不是害怕。"

"芬尼不会让你出事。如果他让你出事，我就杀了这畜生。"

"她知道,"芬尼说,"她睡过这儿。"

"当然,"弗朗西斯说,"你会没事的。"

"我知道。"

"明早见。"

"好。"

"乐观一点。"弗朗西斯说。

然后他关上车门。

灵魂空虚的他朝北极星的方向走,仿佛被一股改写自身命运的冲动吸引而去。他在南区空地的草丛里睡过太多次,但现在不想睡那儿,毕竟早上还得去见那个收破烂的男人。他也不想冒着被捕的危险爬进百老汇街尾几间旧房的某个角落,因为警察会定期布下愚蠢的陷阱扫荡那些房子。那些房子楼梯损坏、地板破洞,人可能随时跌下去摔死,最近五或十年来只住了鸽子。要是选在这种房子的屋檐下遮风避雨,身边睡了四个、六个或八个人似乎都不会让品质变差。

他沿着百老汇街往北走,经过蒸汽船广场。孩提时他会搭航行内河的船出去玩,为的是到特洛伊、金士顿,或潟湖岛上野餐。他经过"特拉华与哈德逊公司"大楼和比利·伯恩的奥尔巴尼晚报,他那头脑简单的弟弟汤米曾在一九一三年帮忙盖了那栋报社大楼。他往前走到梅登道与百老汇街的交叉口，奇勒旅馆的旧址，他弟弟彼得要是和老妈吵架，有时会去那里过夜。但奇勒旅馆在弗朗西斯逃亡的那年烧掉了，现在开了一堆店面。一九一三年河流曾上涨淹没半个市中心，当时弗朗西斯曾沿着百老汇街划船到这间旅馆，比利也在船上。那孩子好喜欢这趟出游，还说比起滑雪橇他更爱搭船。但一切都消失了。到底还有什么没消失呢？这个嘛，我。是啦，我。大部分的我都消失了，但我还没有完全消失。如果我即将翻个身然后死掉，那可真要命。

弗朗西斯从市中心朝正北方走了半小时，最后笔直走进北奥尔巴尼。他在主街上转向东，朝河边去，沿着有点坡度的主街往下走，经过麦克格罗的房子和格林家（过去那里住着全北奥尔巴尼唯一一户黑人）。然后他经过多尔蒂家的房子，马丁还住在里面，屋里没开灯。接着经过曾由铁汉乔·法瑞尔开的"独轮车酒吧"，虽然现在全用木板钉死了，但弗朗西斯就是在这儿学会喝酒，还曾在后面的房间看斗公鸡，第一次和安妮·法瑞尔说话也是在这儿。

然后他朝浅滩走，这里曾是运河，但现在早没了，取而代之的是沟渠。水闸没了，船闸小屋也没了，曳船路也全被淹没。然而不可思议的是，在接近北街时，他看见一幢认得的建筑物。混账东西。威尔丁的马厩还矗立在那里。谁敢相信呢？威尔丁还活着吗？不太可能。活那么久太蠢了。这马厩有人用吗？它还是马厩吗？看起来像马厩。但现在谁还养马？

马厩只剩下空壳子，屋顶尽头还有个巨大的洞，冰冷的月光于是流泻在满是裂缝的古旧地板上。马厩外矗立着北街的最后一盏路灯，蝙蝠以芭蕾舞姿围着灯划弧线飞；骡子和马的鬼魂则在弗朗西斯眼前打鼾、踏步。他独自拖着脚步在地板上走，地板很坚固，摸一摸发现是干的。谷仓某片门板歪了一个铰链，所以弗朗西斯估算着，如果能把门板移动几英尺，睡在它背面，他就能有三面遮风的墙。这是个好角落，没有月光从屋顶裂缝中钻进来，而在过去，威尔丁就是把他的耙子和干草叉挂在这里，沿着一根根钉子挂成一排。

弗朗西斯打算利用这角落，他把所有耙子和干草叉放回原位，好在当晚重温威尔丁的旧日面容，并将自己投入那意外重拾的回忆，对失落年代的回忆。在月光下一个遥远的架子上，他看见一堆报纸和一个硬纸板箱。于是他在选定的角落摊平报纸，从接合处撕开纸箱，再放在铺平的报纸堆上。

他现在躺的地方距离他曾经住过的地方不到七十五

英尺。

离这个地点七十五英尺的地方，杰拉德·费伦死于一九一六年四月二十六日。

在芬尼车上的海伦可能会把芬尼扒光，或把他那玩意儿放进嘴里。芬尼无法胜任性交，海伦也胖得无法在前座翻云覆雨。这一类的事海伦都能应付。虽然海伦从没告诉过他，但他知道，曾经为了换得一夜好眠，她甚至得被陌生男人玩弄。弗朗西斯欣然接受此种行为。正如为了靠近床，他接受把克莱拉的毯子拉下来的义务，就算恶臭疯狂弥漫在屋里他也接受。反正不管在哪里，交媾都是标准的生存货币，不是吗？

或许我终究活不过今晚，弗朗西斯把双手交叠在大腿中间想着。他把膝盖朝胸口靠近，但不像福克斯·菲尔·图克的膝盖拉得那么高，同时思忖着他此生促成的死亡，就连今晚的此刻他似乎仍在这么做。海伦要死了，即便今晚他一直全力设法让她别像桑德拉那样冻死在土里，但弗朗西斯或许仍是加速她死亡的元凶。我不想比你先死，海伦，弗朗西斯这么想。要是这世界上没有我，你会像个孩子般无助。

他想到父亲飞越空中的样子，知道这老人在天堂里。这些善人将我们留在世上缅怀他们的善行。他母亲则在但丁所描述的净界里,或许直到永远。她是个泼妇中的泼妇,是个否定人生的人,没坏到得下地狱,但他也不认为她可以进天堂,如果真有天堂这种地方。

十一月的空气冷冽清新,像张玻璃毯般盖在弗朗西斯身上。它的重量使他动弹不得,但也让他的身体平静下来,而这份寂静中断了他脑海中的痛苦。在他正要进入的梦境中,地面升起了号角与山脉,那些号角——来自天界的小喇叭——乐音精湛,有如蜿蜒在险峻崖壁上的山间小径。弗朗西斯认得小喇叭演奏的曲子,他随着旋律飘起来。接着,惶惶不安的他屈服于旋律暗语下的催促,身体往上升起,充满喜悦地来到这首曲子早已谱好的世界。然后他睡着了。

4

弗朗西斯站在废弃物回收场的车道上看着罗斯肯。天上的灰云宛如两堆飞翔的脏袜子，快速被风过清早的太阳，于是大地突然闪过一阵白光，弗朗西斯不住眨了眨眼。他环顾四周，看到一个废弃物的坟场：生锈的煤气炉，坏了的木质炉，废弃的冰箱，还有轮子歪七扭八的脚踏车。磨损的旧轮胎堆成一座山，阴影则笼罩了数不清的生锈水管、小孩的四轮手拉车、烤面包机和汽车挡泥板。三面墙都放了棚子，总共绵延了半个街区那么长，棚子底下是堆积如山的纸板、报纸和破布。

弗朗西斯踏入这个被遗弃的世界，然后朝一座歪斜的小木屋走去。木屋前有一匹背部凹陷的马被套在四轮马车上，马车后是堆成一座小山的车轮，车轮旁则散放着平底锅、罐子、熨斗、锅子和茶壶，以及一大片失去名称的金属碎片。

弗朗西斯好像看到了罗斯肯,他现身于小屋仅有的窗框里,看着弗朗西斯朝他走来。弗朗西斯把门推开,面对这个男人。他矮小、肮脏,大概六十多岁,体格显然很强健,脸像月亮一样圆,秃头,胸膛宽阔,手指长得像橡树根。

"你好。"弗朗西斯说。

"嗯。"罗斯肯说。

"神父说你在找腰杆硬的人。"

"是啊。你腰杆够硬吗?"

"比某些人硬。"

"你抬得动铁砧吗?"

"你收铁砧是吧?"

"我什么都收。"

"把铁砧拿出来。"

"我没有。"

"那你还叫我抬。"

"那个木桶呢,你抬得起来吗?"

他指着一个油桶,里面有半桶废木头和废金属。弗朗西斯抱住木桶抬起来,但有点吃力。

"你要把它放在哪里?"

"就放在原地。"

"你都自己抬这些东西吗?"弗朗西斯问。

罗斯肯站在那儿,不费吹灰之力就把木桶抬起来,然后把它举高。

"你竟然举得起那个,体格一定很壮,"弗朗西斯说,"那玩意儿很重。"

"你说这个重?"罗斯肯说着又往上举起木桶,把木桶底部靠在右肩上,然后把它滑到胸前的高度抱住,再放下来。

"我一辈子都在扛东西。"他说。

"显然如此。这整个棚子都是你的吗?"

"全部都是。你还想做吗?"

"你付多少钱?"

"七块钱。工作到天黑。"

"七块钱。用腰力工作,这薪水不算多。"

"还有人抢着做呢。"

"它值八块或九块。"

"你的酬劳已经比人家好了,接受吧。有人一整个星期就用七块钱养一家人。"

"七块半。"

"七块。"

"好吧,反正没什么差别。"

"上马车。"

在晃动的马车上才坐了两分钟，弗朗西斯就知道了：一整天下来他的尾椎骨一定会很惨，那还得他能撑到那时候。马车在花岗岩和有轨电车轨道上弹跳，两个无言的男人并肩坐着穿过早晨明亮的街道。出太阳让弗朗西斯很开心，再加上看到昔日居住的城市里人们起床工作、店面和市场开始营业，大家又进入了丰收获利的一天，一切都让他心里很充实。清醒的头脑总是让弗朗西斯感到乐观。还记得在货车车厢的漫长旅途上，他没酒可喝，所以对生存产生了新的憧憬，有时候他甚至还出去找工作。但即使在那些充实的时刻，他也感到了无生趣。他还没找到海伦，他必须找到她。海伦又失踪了。这女人可真是个失踪大王。或许她去某个地方望弥撒了。但她为什么不回教会喝咖啡呢？为什么不来找弗朗西斯呢？海伦为什么总让弗朗西斯感到死气沉沉呢？

接着他想起报上有关比利的报道，心情又好了起来。皮威先看，然后再给他看。这篇报道的对象是弗朗西斯的儿子比利，作者是很久以前住在费伦家隔壁的记者马丁·多尔蒂，就在克隆尼街上。这篇报道说比利卷入了奥尔巴尼政界大佬帕齐·麦考尔的侄子的绑架案。他侄子后来平安归来，但比利因为不愿告发可疑的绑架犯而惹上麻烦。马丁的专栏替比利辩护，他说帕齐·麦考尔对付比利的手段很卑劣，如同一小袋臭得吓人的小马铃薯。

"那你喜欢吗？"罗斯肯问。

"喜欢什么？"弗朗西斯说。

"性这档事，"罗斯肯说，"女人这玩意。"

"我已经不太去想了。"

"你们这些流浪汉，你们用屁眼做了许多肮脏事，对吧？"

"有人喜欢那样。我不喜欢。"

"你喜欢怎样？"

"老实告诉你，我根本不爱做了。我已经在走下坡路。"

"你是指像你这年纪的男人？你多大？五十五？六十二？"

"五十八。"弗朗西斯说。

"我七十一，"罗斯肯说，"我可没走下坡路。我每晚都跟一个老女人做上四五次。不过白天就很难说了。"

"白天怎么了？"

"女人。她们可想要了。你挨家挨户去，她们就给你。这在世界上早不是新鲜事了。"

"我没有挨家挨户去要过。"弗朗西斯说。

"我大半辈子都是这样挨家挨户去，"罗斯肯说，"我很了解这一切。我总能受到款待。"

"大概也常染上淋病。"

"这辈子只有两次。反正吃药病就好了。这些女士不常做这种事，不太会染病。她们只是饥渴，没有淋病。"

"她们让你穿着旧衣服上床吗？"

"在地下室。她们很爱在地下室。在木柴堆上。在煤炭上。在报纸堆上。她们跟着我下楼，然后在废纸上弯下腰，给我看她们的奶子，或是在楼梯上对着我掀开裙子，给我看她们下面。我这阵子最棒的一次是在四个垃圾桶上。声音很大，可是这女人真棒。她说的话你甚至不好意思重复。很辣，火辣辣，噢老天。今天早上我们会去一趟，在亚伯丘上。你在马车上等。不会很久，希望你别介意。"

"我干吗介意？这是你的马车，你是老板。"

"没错。我是老板。"

他们驾着马车到北大道，然后沿着第三街往下走，这里一路都是下坡，所以马才不会累死。他们到每户人家运走旧钟、摔坏的收音机、每户人家都有的报纸、两箱书脊破掉的园艺书、琴颈断裂的斑鸠琴、罐子、旧帽子和碎布。

"到了。"他们到达火辣女士的房子前面时，老罗斯肯说，"要是你想看，可以在地下室的窗户外面看。她喜欢有人看,我不介意。"

弗朗西斯摇摇头,独自坐在马车上注视着第三街。他可以凭记忆将这条街恢复原貌。他的孩提时光与青少年期都在亚伯丘的这几条街上度过,女孩在此发现她们的冲动,男孩则善加利用这项发现。于是一伙人在巷弄里看女人脱衣服,某晚他们还看到莱恩夫妇裸体进行前戏,直到他们把灯熄了。乔依·凯尔马丁甚至边看这场表演边打手枪。旧时的记忆挑起弗朗西斯的性欲。他想要女人吗?不。海伦?不,不。他想再看一次莱恩夫妇,看他们准备来一回合的样子。他从马车上爬下来,走进罗斯肯那位火辣女士住处后面的暗巷。他蹑手蹑脚,聆听着,接着听到呻吟声和朦胧的说话声,还有金属弹性疲乏的声响。他蹲下来,朝着房子背后的地下室窗户偷瞄:他们就在垃圾桶上,罗斯肯的裤子挂在鞋子边,整个人趴在一位裙子撩到脖颈的女士上方。等弗朗西斯把眼前的景象看清楚时,他也能听见他们说的话了。

"噢天哪噢天哪,"罗斯肯说着,"噢天哪噢天哪。"

"嘿我爱死了,"火辣女士说,"你说呀,我喜欢吗?我喜欢吗?"

"你喜欢,"罗斯肯说,"噢天哪噢天哪。"

"把你那根给我,"火辣女士说,"给我,给我,给我,给我，把你那根给我。"

"拿去，"罗斯肯说，"噢拿去。"

"噢给我，"火辣女士说，"我是个火辣的婊子。快给我。"

火辣女士看见弗朗西斯在窗口，于是向他挥手。弗朗西斯站起来走回马车，脑海中浮现出他不想记起的回忆。流浪汉在有顶货车的车厢里胡搞，女人在草丛里和一群男人杂交，一个八岁女孩被强暴，然后强暴犯被其他流浪汉踢得只剩半条命，连滚带爬逃上开动的火车。他看到一大群他认识的女人：头下脚上的女人、裸体的女人、裙子拉高的女人、两腿张开的女人、嘴巴张开的女人、发情的女人、在他上面和下面流着汗呢喃的女人，还有表明相信爱情、欲望、喜悦、痛苦与需求的女人。海伦。

他是在纽约的酒吧遇见海伦的，当他们发现两人都来自奥尔巴尼时，爱意立刻萌生。他吻了她，她用舌头帮他。他爱抚她当时就已老去的身体，但那身体饱满而有生命力，肚子上也还没鼓起。他们坦诚对彼此的强烈渴望，但弗朗西斯犹豫着不知是否该一路到底，为了治好阴虱和持续的流脓，他已经八个月没碰女人。然而海伦燃烧的胴体出现在他眼前，不断驱走他对疾病的恐惧，最后，当他了解到他们拥有的不止一晚，他告诉她：我不会碰你，宝贝。在我去看病之前都不会。她叫他戴保险套,但他痛恨那该死的玩意儿。去做个血液检查,我们该这么办,他告诉她,然后他们把钱凑一凑去了医院。两人检查结果正常,于是开了房间做爱直到精疲力竭。爱情,你是我磨破皮的那话儿。爱情,你是无法扑灭的火焰。你烧毁了我,爱情。我被烧焦了、烧黑了。爱情呀,我是灰烬。

马车继续往前走,弗朗西斯发现两人正朝克隆尼街前进。那是他生长的街道,他的兄弟姊妹都还住在那里。行驶中的马车车轮嘎嘎作响,后面的破铜烂铁咯噔咯噔上下跳动,宣告浪子归来。弗朗西斯看见他从小到大住的房子,颜色还是一样,棕褐色,隔壁的空地则杂草丛生。那里曾是多尔蒂家和男校,但后来被火烧了。

他能看见母亲和父亲双双从房子前的蜜月马车上下来,手挽着手走上前门台阶。迈克尔·费伦穿着火车司机的连身工作服,仿佛是被疾驶的火车撞死之前的模样;凯瑟琳·费伦则穿着结婚礼服,情绪看来像是她甩了弗朗西斯一巴掌,然后害他倒退着跌进瓷器碗柜里的样子。

"在这里停一下,好吗?"弗朗西斯对罗斯肯说,他从他那热情洋溢的地下室上来后还没说过一句话。

"停一下?"罗斯肯说着勒住缰绳。

这对新人跨过门槛进到屋里。他们爬上前厅楼梯来到卧房,打算在此共度婚姻生活里的每一年,最后也会发现这里成为他俩共享的坟墓。对弗朗西斯而言,这种空间的二元性很合理,就像他生命中的第五十八年和他出生那年同时发生于此刻一样合理,而他就出生在那庄严神圣的"圆房大典"那年:一八七九年。这房间有他小时候熟悉的感觉,就像费伦家墓地边缘遮阴的那几棵树一样。橡木床和两个橡木衣柜在房内各自的位置生了根,房里弥漫着来自母亲与父亲的综合气味。只有当弗朗西斯将脸深埋入他们各自的枕头,或打开装满私人衣物的抽屉,或呼吸冷掉的烟斗里烧过的烟草味,或闻到抽屉里当作香包的梨子肥皂的香气时,这两人的味道才又分开来。

迈克尔·费伦在房里抱着结缡五十九年的新婚妻子,手指滑过她的乳沟;弗朗西斯看到他未来的母亲颤抖着,他推测那是她第一次对爱抚感到憎恶。弗朗西斯是第一个孩子,所以房间就在他们隔壁,多年来不停地听着他们夜半作响的声音;他很清楚她是如何一次又一次抗拒她的丈夫。当迈克尔终于以坚强的意志征服她,或者威胁要找神父解决此事时,弗朗西斯就能听见她愤恨的咕哝声,她痛苦不堪的呻吟声,并听到她无穷无尽地与丈夫争辩只为繁衍后代而结合是多么可耻。她痛恨别人知道她之所以性交只是为了有后,这是她的懊恼,却成就了弗朗西斯的一生。

此刻,当丈夫将她的衬衣掀到头顶时,这位后来生了六个孩子的处女母亲开始退缩。弗朗西斯知道这是她首次在精神上感到恐惧,这恐惧在她一八七九年的眼里表露无遗,和她愤怒时的眼神也如出一辙。她的皮肤和棺材里的塔夫绸衬里一样粉嫩,然而花样年华的她却和红色寿衣的绢丝一样了无生气。她一辈子都死气沉沉,弗朗西斯心想,多年来第一次可怜这女人,她的卵巢等于是被自我结扎的修女和自我阉割的神父给割除了。当她出于义务将处女之身献给新婚丈夫时,弗朗西斯可以感觉鼓励贞洁的贞操带穿透她全身,逐年绷紧,最后扼杀了所有性欲,让她的身体变得和花岗岩天使雕像般冰冷无情。

她闭上眼睛,像具尸体般往后倒向新床准备接受戳刺,这老男人的完美血液在贲张情欲中射入她年老的血管,使得才刚怀上新生命的她痛苦地扭动。弗朗西斯注视自己略具魂魄雏形的身体在这最初的池水里蠕动,迅速形成物质,又看它以光速变化成长,成为婴儿大小,再看它被父亲粗鲁地从母亲的深穴中拉出来。他把他拉直、拍打成生命,再迅速将他塑造成野草。他很快发育出一具狂野成熟的躯体,最后衣装整齐地站在那儿,身上穿的正是弗朗西斯此刻穿的衣服。他认得那缺牙的嘴、少了手指的关节、鼻子上的肿块和这初生魂魄象征死亡的佝偻身形，而且他当时就知道了，在这段永无休止的死亡期间，他将会变成这具经年累月形成的腐朽身躯。

"嗬！"罗斯肯对着马喊，这匹老马于是踩着重重的脚步沿克隆尼街朝上坡走。

"收——破烂！"罗斯肯大声喊着，"收——破烂！"这喊声像一首有两个音符的曲子，C大调和B降半音，也可以是F大调和E降半音。此时费伦家对街的窗户里冒出一个女人的头。

"这里——"她用两个音符喊着回答，"收——破烂的。"

罗斯肯在她房子旁的小巷前停下来。

"在后阳台，"她说，"一些报纸、一个洗衣盆，还有一些旧衣服。"

罗斯肯停住马车爬下来。

"怎样？"他问弗朗西斯。

"我不想进去，"弗朗西斯说，"我认识她。"

"那又怎样？"

"我不想让她看到我。那是狄伦太太。她先生是铁路员工，我从出生就认识他们了。我家人就住在那边的那栋房子里。我在这条街上长大，所以不希望这个街区的人看见我流浪汉的样子。"

"可你就是个流浪汉。"

"你知道，我知道，但他们不知道。我什么都搬，下次你停车我什么都搬，但我在这条街上不搬。你懂吗？"

"多愁善感的流浪汉，我竟然找了个多愁善感的流浪汉来替我工作。"

就在罗斯肯自己去收破烂时，弗朗西斯盯着对街，看到母亲穿着居家服和围裙，偷偷摸摸地把盐巴扔到多尔蒂家的小枫树根上，这棵小枫树长在多尔蒂家的院子里，但却大胆地将树枝、树叶和种荚落在费伦家的番茄和花朵上。凯瑟琳·费伦跟与她名字相近的邻居卡特里娜·多尔蒂说过了，费伦家不欢迎从那棵树上掉落的东西，也不喜欢树荫。卡特里娜只好把她够得到的低矮树枝修掉，也请常替附近邻居打杂的十七岁的弗朗西斯帮忙，他答应了。他爬到高处把小枫树生意盎然的枝干锯断。但每锯断一根树枝，新的树枝就从别的地方冒出头来。这棵树于是长得越发粗壮茂密，不同于亚伯丘上的任何一棵树。凯瑟琳·费伦大为震怒，因此把扔到树根的盐巴分量加倍，结果盖了一层盐巴的树根还是继续往下长，越过木篱笆，更为厚颜无耻地从费伦家的土地冒出来。

你为什么要杀死那棵树，妈妈？弗朗西斯问。

因为那棵树无权暗中潜入别人家的院子，他母亲说，如果我们希望院子里有树，我们自己会种。她一边说一边抛下更多盐巴。树上有些叶子枯了，一根树枝也完全枯萎，但盐巴攻势显然没有成功，因为弗朗西斯眼前的这棵树竟然比以往大上一倍，已经是个庞然大物了。这棵树朝着太阳的方向，从多尔蒂家旧院子的野草中高高往上生长。

一九三八年正午的太阳热力四射，但在阳光下，这棵树在他眼中回到了四十一年前的一半大小。那是一八九七年七月的一个早晨，弗朗西斯坐在中间一根树枝上，正在把上方的一根树枝锯断。因为听到多尔蒂新房子的后门开了又关的声音，他从那根树枝上往下望，看见卡特里娜·多尔蒂拿着她的小购物袋，头戴灰色遮阳帽，脚上踩着一双晚宴鞋，除此之外却什么也没穿。她步下后阳台的五个阶梯，大步朝着多尔蒂家停放蓝道马车和马匹的新车棚走去。

"多尔蒂太太？"弗朗西斯大喊着从树上跳下去，"你还好吗？"

"我要进城去，弗朗西斯。"她说。

"你不穿戴点什么吗？不穿些衣服吗？"

"衣服？"她说。她低头看着她的裸体，然后抬起头瞪大眼睛，露出呆滞疑惑的眼神。

"多尔蒂太太。"弗朗西斯说，但她没有回答，也没有移动。弗朗西斯从他搭建的阳台栏杆上拿起一块之后要装在边窗上做遮雨篷的森林绿帆布，裹住这个女人的裸体，再将她抱起来带进屋内。他让她坐在客厅后部的沙发上，这时帆布缓缓从她肩膀上滑落。他想在屋里找一件衣服，结果在食物储藏室的门后找到一件家居服。他把她的手臂套进家居服袖子里，绑上腰带，把她的身体完全遮好，然后解开绑在下巴的蝴蝶结形帽子系带，让她在沙发上坐好。

他在餐柜里找到一瓶苏格兰威士忌，从瓷器柜里拿出一个高脚杯，倒了一英寸高的酒给她。他把酒举到她唇边，哄她尝了些。威士忌有股魔力，总能解决人的所有烦恼。卡特里娜啜了一口，然后笑着说："谢谢你，弗朗西斯。你真体贴。"她的眼睛不再瞪得老大，呆滞的眼神也消失了，她不再失神，脸庞和身体又柔软了起来。

"你好些了吗？"他问她。

"我很好，真的很好。你呢，弗朗西斯？"

"要我去找你先生来吗？"

"我先生？我先生在纽约市，恐怕很难联络到他。你找我先生干什么？"

"或者我该去找你的家人？你好像发病了。"

"发病？发病是什么意思？"

"在外面。在后院。"

"后院？"

"你没穿衣服就跑出来，而且全身僵硬。"

"说真的，弗朗西斯，你觉得我们俩的关系有这么亲密吗？"

"是我帮你穿上这件家居服。是我抱你到屋子里。"

"你抱我？"

"我用帆布把你包了起来。那边的那块。"他指着沙发前面地上那块帆布。卡特里娜瞪着帆布，把手伸进家居服领口，摸到裸露的胸部。当她再次抬头望向弗朗西斯时，弗朗西斯看见了一张苍白而庄严的面容，表情混合了美丽与哀愁，但又令人心寒。客厅另一头有张椅子，从那个角度能将室内一览无遗，而就在那张椅子背后，弗朗西斯看见卡特里娜·多尔蒂九岁大的儿子马丁露出了前额和眼睛。

一个月后的某一天，弗朗西斯正在为多尔蒂家马车车棚的那扇门做收尾工作，卡特里娜从后阳台叫他，把他喊进屋，然后又叫他走到客厅后部。她坐在同一张沙发上，身上穿了件鹅黄色的午茶软领连衣裙，示意他在沙发对面的椅子上坐下。弗朗西斯眼里的她仿佛一道阳光。

"帮你泡杯茶好吗，弗朗西斯？"

"不用,太太。"

"想抽根我先生的雪茄吗?"

"不,太太。我不抽雪茄。"

"你连一点坏习惯都没有吗?不然喝威士忌?"

"我喝过一些,但比较常喝麦芽啤酒。"

"你觉得我疯了吗,弗朗西斯?"

"疯了?为什么这么说?"

"疯了。像红心皇后那样。有怪癖。或者说不正常。你觉得卡特里娜不正常吗?"

"不,太太。"

"就算是我发病的时候?"

"我只是把那当成发病。发病不一定就不正常。"

"你说得当然对,弗朗西斯。我没疯。你跟谁说过那天发生的事吗?"

"没跟任何人说,太太。"

"没跟任何人说?连你家人都没有?"

"没有,太太,没跟任何人说。"

"我知道了。可以问你原因吗?"

弗朗西斯垂下眼,盯着自己的膝盖:"可能是因为别人不会了解。他们可能会想歪。"

"想歪?"

"他们或许会觉得发生了什么事。没穿衣服可不是一般人眼中的正常行为。"

"你是说别人会捏造事情？幻想我们俩有关系？"

"或许会。人们随便什么都可以拿来胡诌一番。"

"所以你一直保持沉默，好让我们两人不受丑闻伤害。"

"是的，太太。"

"请别叫我太太。这样叫好像你是个仆人。叫我卡特里娜。"

"我办不到。"

"为什么办不到？"

"我不应该，这样太放肆了。"

"但那是我的名字。好多人都叫我卡特里娜。"

弗朗西斯点点头，让这字眼停留在他舌尖。他试着无声说出，但还是摇摇头。"我说不出口。"他说完就笑了。

"说吧。说'卡特里娜'。"

"卡特里娜。"

"你瞧，说出口了。再说一次。"

"卡特里娜。"

"很好。现在说：有什么需要我效劳的吗，卡特里娜？"

"有什么需要我效劳的吗，卡特里娜？"

"棒极了。现在我再也不要听到你用正式称呼叫我。我坚持。我也会叫你弗朗西斯。我们出生时就被取了这两个名字，受洗时又再次确认过了。朋友之间可以省略繁文缛节，而你，你让我逃过丑闻，你，弗朗西斯，当然是我的朋友。"

在收破烂的马车上，弗朗西斯洞察一切，看得出卡特里娜不仅是他生命中最稀有的鸟儿，也很可能是栖息在克隆尼街上最稀有的鸟儿。她为住着爱尔兰工人阶级的这条街带来了优雅的举止态度，因此招来邻居嫉妒与敌意的怒视。然而在住到新家（新家是麋鹿街上那幢豪宅的缩小版。她从出生就住在那幢豪宅，像朵热带兰花般被养大，一直到嫁给作家爱德华·多尔蒂为止。卡特里娜的父亲痛恨他的工作与词语，他的言论与种族。爱德华盖了这栋复制品给他的新娘作为折中：让她得以维持茧居的生活方式，但又盖在一个自己绝不会变成局外人的社区。他把房子盖得非常奢华，但后来钱花光了，只好被迫雇用像弗朗西斯这样的邻居来帮忙）的一年内，她就展现了迷人、大方、毫不做作的态度和种种数不清的美德，并将她大部分邻居的敌意转为喜爱的关注与崇拜。

在她踏入他家隔壁那栋房子的当天，她的外貌就让弗朗西斯惊为天人；她的金黄色秀发往上翘，形成柔软的圈状，黑色眼珠也闪烁着棕色光芒；她的曲线宏伟、身躯饱满，举止极为雍容华贵，大而不齐的牙齿反使她的美貌更独树一帜。而就在此刻，这位裸身走过他的生命、曾被他抱在怀里的女神正坐在沙发里睁大眼睛望着他，身体往前探向他提问："有恋爱的对象吗？"

"没有，太——没有。我还没到恋爱的年纪。"

卡特里娜哈哈大笑，弗朗西斯则红了脸。

"你真是个英俊的男孩子。一定有很多女孩爱上你。"

"不，"弗朗西斯说，"我一直不擅长和女孩相处。"

"为什么不擅长？"

"我说不出她们想听的话。我口才不好。"

"不是每个女孩都想跟你聊天。"

"我认识的女孩都会：你喜欢我吗？多喜欢？你喜欢我胜过琼安吗？类似这些。我没空聊这些东西。"

"你会梦到女人吗？"

"有时候。"

"有没有梦过我？"

"一次。"

"那梦愉快吗？"

"没那么愉快。"

"噢，天哪。是什么梦？"

"你闭不上眼睛,就是一直看着,都没有眨眼。很可怕。"

"我完全了解那个梦。你知道,有位伟大的诗人曾说过:爱是通过双眼进来的。所以你必须当心,别看得太多,务必抑制你的渴望。对大部分人来说,这世界太过美丽。它的美丽会毁了我们。你看过别人晕倒吗?"

"晕倒?没有。"

"没有,后面该接什么?"

"没有,卡特里娜。"

"那么我应该为你晕倒一次,弗朗西斯。"

她站起来,走到房间正中央,直视弗朗西斯,闭上眼睛,然后全身无力地倒在地毯上。她的右臀先撞到地板,接着她往后倒,右臂越过头部往外伸,脸朝向客厅东面的墙壁。弗朗西斯起身低头看她。

"你演得很好。"弗朗西斯说。

她一动也不动。

"你可以起来了。"他说。

但她还是一动也不动。他伸手牵起她的左手,轻轻地拉她,但她还是一动也不动。他牵起她的双手拉她,但她没动,也没有睁开眼睛。他还是拉她起来,让她维持坐姿,但她整个人还是软绵绵地闭着眼睛。他用双臂把她从地板上抬起来放上沙发,让她坐好,她却突然睁开眼睛,就这样直挺挺坐着。弗朗西斯一只手臂还在她背上。

"我母亲教我的,"卡特里娜说,"她说在疲惫不堪的社交场合派得上用场。有一次我在某个庆典活动上表演,获得满堂喝彩。"

"你演得很好。"弗朗西斯说。

"我演僵硬症也很像。"

"我不知道那是什么。"

"就是保持某种姿势不动。像这样。"

突然间她全身僵硬,眼睛瞪得老大,完全没眨眼。

一周之后,卡特里娜经过位于凡沃特街的莫凡尼牧场,弗朗西斯正在那里打棒球。那是一场临时组队的球赛。她站在马路边的草皮上,球场另一边的弗朗西斯则在三垒上手舞足蹈地一边热身,一边说笑。不过看到她时他就不聊了。那一局他没机会上场。下一局他没有打击。她看了三局,直到他接杀了一个直球,双杀一位跑者;她还看到他打了个形成二垒安打的外野高飞球。等他上了二垒时,她已经走向了克隆尼街上的家。

她在他装新雨棚那天叫他去吃午餐。自从第一天之后，只要她先生不在家，儿子又在学校，她就会挑个时间找他说话。她端出法式焗烤龙虾、荷兰酱佐芦笋以及白中白香槟酒，这里面弗朗西斯只吃过没蘸荷兰酱的芦笋。她不发一语地把菜肴端上餐桌，坐在他对面默默吃着，他也跟着做。

"我喜欢这顿饭。"最后他说。

"你喜欢？你喜欢这种酒吗？"

"还好。"

"慢慢就会喜欢了。这是上等酒。"

"你说是就是。"

"又梦到过我吗？"

"一次。我不能说。"

"你一定得说。"

"那梦太疯狂了。"

"梦本来就该如此，但卡特里娜不疯狂。说：有什么需要我效劳的吗，卡特里娜？"

"有什么需要我效劳的吗，卡特里娜？"

"告诉我你的梦，就算帮我的忙。"

"你在梦中是只小鸟，但也是你平常的样子，然后一只乌鸦飞过来把你吃了。"

"谁是乌鸦？"

"就只是只乌鸦。乌鸦常吃小鸟。"

"你很护着我,弗朗西斯。"

"大概吧。"

"你母亲知道我什么?她知道我们会像朋友一样聊天吗?"

"我不会告诉她。我不会告诉她任何事。"

"很好。绝对不要告诉你母亲任何有关我的事情。她是你母亲,而我是卡特里娜。我永远是你生命中的卡特里娜,知道吗?你绝对不会认识另一个跟我一样的人。不可能有人像我一样。"

"我相信你说得没错,绝对没错。"

"你想过要吻我吗?"

"无时无刻不想。"

"你还想跟我做什么?"

"我不能说。"

"你可以说。"

"我不能。我会死掉。"

吃完饭之后,卡特里娜把自己的和弗朗西斯的酒杯装满酒,放在她平常坐的那张沙发前的八角形大理石桌上;他坐的椅子现在已经成为他专属的椅子。他把酒喝光,她又在他的杯子里倒满酒,他们聊着芦笋和龙虾,她教他焗烤龙虾里的"gratiné"[1]是什么意思，也告诉他，为何明明用的是缅因州捕到的龙虾，而且是在奥尔巴尼做出的菜肴，却用一个法文词汇来形容。

"法国来的东西都很美妙。"她告诉他，此时弗朗西斯的每个细胞都充满了美酒、欢乐和无限可能性，当然也全神贯注地听她说话。"你知道埃及的圣安东尼吗，弗朗西斯？他和你信仰相同，我珍视这信仰但并不衷心信奉。我提到他是因为他曾受肉体诱惑，另外我也必须提到我的诗人，他使我惊恐万分，因为他看到男人不该在女人身上看到的东西。他死了三十年，我的诗人，然而他依旧能看穿我，他在我身上看到一个笼中女人用牙齿将兔子活生生撕成碎片的意象。够了，饲养她的人说，'你不该在一天之内把所得花光'，所以把兔子从她嘴边扯下来，只任由兔子内脏垂挂在她齿缝中，这兔子或许能喂饱她，但她只尝了点味道，所以还是饿。噢，小弗朗西斯，我的兔子，你绝对不可以怕我。我不会把你撕成碎片，也不会让你甜美的内脏垂挂在我的齿缝中。多才多艺又俊美的弗朗西斯呀，我垂涎不已的美少年，请不要诽谤我。请不要说卡特里娜是由欲望之火形成的，你必须了解我是圣安东尼，是恶魔用我屋里、厨房、后院、树上俊美的你——将裸体的我抱

---

[1] 法文中放上奶酪焗烤之意。

在怀里的弗朗西斯——来诱惑我。"

"我不能让你没穿衣服就上街，"弗朗西斯说，"你会被捕。"

"我知道你不能，"卡特里娜说，"所以我才那么做。但我并不知道后果如何。我不知道得用何种力量去面对我执意带入生命中的诱惑。我只知道我所爱无数，但又万万不可；因为只有妓女命该如此。我的诗人说了，齿缝中垂挂兔肉的笼中女人才是此生最真实的可怕影像，而不是那些得不到希望因而大声吟诵挽歌的女人……死气沉沉，多么死气沉沉，多么悲伤。当然你也知道我还没死。我不过是个自愿被杰出男人和矫饰人生束缚的女人，他将这人生称为神圣的誓言，我则称之为华丽的牢笼。圣安东尼遗世独居，于是我也将此当作抵御敌人的手段。但我先生崇拜我，我也崇拜他，我们都崇拜我们的圣子之子。你知道，世上没有任何一种缔结的方式比这屋里的更高贵。我们有声望、有成就，伤口也被温柔疗愈了，我们是这样的一家人。我们向往碰触，向往眼前的彼此。我们不能没有这些。然而你出现了，我对你朝思暮想，我渴望你带给我那难以启齿的欢愉和喜乐，这些画面远远超乎你的稚嫩心灵所能想象。我渴望如同兰西特夫人那般放荡，她追求医生就像我追求稚气少年，我那在亚伯丘上的俊美的阿多尼斯[1]呀。兰西特夫人珍爱她每一位医生的所作所为：工作围裙上的血见证了他们在手术室里的丰功伟业，她拥抱那血，正如我拥抱你那带有一圈污垢的天鹅般颈项，正如我拥抱你眼中萦绕不去的年幼无知之痛。你相信上帝吗，弗朗西斯？你当然相信，我也相信，我相信他爱我，也会在天堂里珍惜我，正如我会珍惜他。我们会成为爱人。上帝以他的形象造我，那么我为何不能相信上帝也是个纯真的怪物？我该相信他会喜欢我的癖好，喜欢我勾引孩子的行为。我是齿缝间垂挂带血内脏的笼中动物，不但拥抱自己血迹斑斑的工作围裙，还以伪君子的悔罪姿态跪在神圣祭坛的前方。当我把你从树上叫下来时，弗朗西斯，你是否曾梦想进入我的世界？如果我闭上眼睛，你是否会吻我？如果我昏倒了，你是否会将我的裙子纽扣解开，帮助我呼吸顺畅？"

卡特里娜死于一九一二年的火灾，那场火从男校烧到了多尔蒂家。她死时弗朗西斯不在城里，但从报纸上看到这则消息，于是回去参加了她的葬礼。她的棺木盖上了，没让前来吊唁的人参观，所以他也没看到棺木里的她。她

---

[1] 阿多尼斯（Adonis），希腊神话中的美少年，爱神阿佛洛狄忒（Aphrodite）也曾倾心于他。

的死因是烟而不是火,正如最后扼杀她欲望的是情欲灰烬,而非火焰;弗朗西斯这么认为。

她死后被埋在属于新教徒的奥尔巴尼郊区墓园,坟上几年间就开满蒲公英,就连墓园修剪花坛的人也叹为观止。正如卡特里娜和弗朗西斯的枫树越剪越茂盛一样,她墓地上的野草也越长越浓密:仿佛剪断一条根后又长出数百条根。野草是如此繁茂地生长,让那座坟在她死后十年成为墓园访客的观光景点,而在面对她于世上的最后居所时,人们总因那仲春时分的大片嫩黄惊叹不已。虽然热潮终究过去,那些花朵却依然盛开;不过到了现在,此地已成为很老的人才记得的历史奇迹,偶尔有独自在墓碑间闲晃的无事之人发现它,也只是每每将其归因于怪异的自然现象。

"好啦,"罗斯肯说,"你休息够了吗?"

"我不是在休息,"弗朗西斯说,"你把那后面的东西全搬来了吗?"

"全搬来了。"罗斯肯抱了一堆旧衣服到马车上。弗朗西斯把衣服看过一遍,注意到一件干净的软领纯白衬衫,但一只袖子丢了一半。

"那件衬衫,"他说,"我想买。"他把手伸到马车后面,从衣服堆里拿起它。"二十五分钱卖我好吗?"

罗斯肯打量着弗朗西斯,仿佛打量一只有条纹的蓝色蟾蜍。

"从我薪水里扣,"弗朗西斯说,"就这么说定了?"

"流浪汉要一件干净衬衫干什么?"

"我身上这件臭得像死猫。"

"爱干净的流浪汉。我马车上竟然有个多愁善感又爱干净的流浪汉。"

卡特里娜打开餐桌上的包裹,牵起弗朗西斯的手,把他从椅子上拉起来,接着解开他蓝衬衫上的纽扣。

"把那件旧衬衫脱掉。"她把礼物举高,那是件纯白丝质衬衫,对弗朗西斯来说,就像他刚才享用的海鲜和朋特卡内葡萄酒一样稀奇。

就在他赤身露体之际,卡特里娜给了他一吻,手指也在他背上四处探索,他大吃一惊。他把她像个水晶花瓶一样抱着,惧怕的不只是她的脆弱,也是自己的脆弱。他再次看见她的唇、她的双眼、她嘴上那如同山谷般的神圣凹处。当她站在他咫尺之遥,双手攫住他赤裸的背部时,他小心翼翼地用手指捧住她的脸庞和脖子。他模仿她,也用手指探索她裸露在外的肩膀和脖子,让她衣领的自然曲线引领他来到上衣上方的纽扣。然后缓缓地,他俩的手指仿佛开始一支编好的舞：

她的手指行经自己胸前，掠过他的，而他的手指小心又轻柔万分地进行烦琐的工作；她将碍事的衬衣肩带从倾斜的左肩拉下来，接着他在她右肩重复同样的动作。他颤抖，出于情欲，出于罪恶；她的衣物掉落让人跨越了界线，而即便到现在，存于界线之外那难以置信的可能性仍会让他颤抖。

"你喜欢我的疤吗？"她一边问一边轻触左胸弧线上方的疤痕，那疤痕是白色的椭圆形，外围呈粉红色锯齿状。

"我不知道，"弗朗西斯说，"我不知道该不该喜欢。"

"除了我先生和费兹罗伊医生以外，你是唯一看过它的人。我因为这疤再也无法穿低领连衣裙。这疤真的很丑，我深信我的诗人绝对会喜欢。这会让你不舒服吗？"

"它在你身上，是你身体的一部分，我能接受。无论是你的作为或拥有的一切，反正我都能接受。"

"我迷人的弗朗西斯。"

"你身上怎么会有那种东西？"

"因为一场火灾，有根燃烧的棍子从空中飞来，毫不留情地戳中我。就是德拉方旅馆那场火灾。"

"是啊。我听说你在火灾现场。你很幸运，没被大火烧到。"

"噢，我确实是个非常幸运的女人。"卡特里娜一边说一边靠到他身上，再次拥抱了他，然后他们又开始拥吻。

他命令他的手往她的胸部移动，但他的手不听使唤，只是紧抓住她赤裸的手臂。唯有在她将手指从他的肩胛骨移到他手肘凹处时，他的手指才敢移到她的手肘凹处。而唯有在她缓缓从他身上移开，任由她的手指拨弄爱抚他胸前早熟的毛发时，他才准许自己的手指品尝她丰满浑圆的美丽胸部，也品尝那里起伏的曲线和白皙的肌肤。他的爱抚最后停留在那双乳蔷薇色的乳头上，而这对反应灵敏的乳头正为了他硬挺着。

就在弗朗西斯穿上新衬衫，并将旧衬衫丢到罗斯肯马车后头时，他看见卡特里娜站在对街，站在她家的前廊阶梯上召唤着他。她带他进入他从没见过的卧房，一道火墙吞没了她，但连她的裙摆都没有烧着，也就是她在一八九七年某个夏日看他打棒球时穿的那条连衣裙。于是隔着新婚的床，隔着多年以来的爱之桥梁和梦幻年代，他在她对面站定。

没有一个女人像卡特里娜这样：她强迫他为她穿上那件衬衫，强迫他把衬衫带回家，为的是将来的某一天，她能看见他穿着这件衬衫走在街上，好重温这一天的情景；她强迫他先找个住宅以外的地方把衬衫藏起来，同时要他拟出个借口,好解释一个工人阶级的十七岁男孩为何拥有一件只有伟大的诗人或舞台演员或家财万贯的伐木大亨才买得起的衬衫。他想出一个打赌的借口:他在市中心运动俱乐部跟一个人玩扑克牌,对方输光了钱,只好拿他的新衬衫当抵押品;弗朗西斯检查过这件衬衫,觉得喜欢,所以接受了赌注,然后以手上的葫芦赢了那把牌。

他母亲似乎不相信他的故事,但也没联想到卡特里娜。然而她当着弗朗西斯的面想尽办法诋毁卡特里娜,因为她知道,就算他俩之间没有爱意,他也早已对她忠心耿耿。因为她不只是个女人,还拥有那棵有害无益的树。

她厚颜无耻,目中无人(错,弗朗西斯说)。

邋里邋遢,很不会持家(你自己过去看看就知道,弗朗西斯说)。

只会拿本书坐在窗边装模作样(弗朗西斯知道书的事他无法反驳,因此生着闷气离开房间)。

窗边有火焰跳跃,吞噬了卡特里娜和她的床,透过那火焰,弗朗西斯看见两具充满爱意的裸体正在交合,淫荡地拥抱交缠,炽烈地亲吻。他看见自己和卡特里娜贪婪地扑向彼此(这不曾发生),然后他们沉浸在爱抚的愉悦中(这或许有过),接着他们的情欲融合直达顶点(一向如此)。

他们是否相爱?不,他们从未相爱。又或者他们始终相爱。他们了解的爱情会被卡特里娜的诗人诽谤并玷污。他们以卡特里娜的诗人庆贺并尊崇的变种爱情玷污自己的想象。爱情永远令人不满足,永远是个谎言。爱情呀,你是我灵魂的干净衬衫。愚蠢的爱情,可笑的爱情。

弗朗西斯拥抱卡特里娜,将他完美的初恋之血射入她体内,但让她屈服的并不是一个人,倒是一个词:仁慈。这个词不停扩大,像他那仁慈的膨胀阴茎高高举起,好送给她持久而发红的礼物,一桩属于报应之罪的礼物。于是这女人介入他的生活,将自己隐藏在火焰中心的最深处,在梦中露出最淫荡的美对他微笑;她唤醒他对爱情的渴望,这是一份不属于其他男人的爱情,一份他永远不必和其他男人或像自己一样的男孩分享的爱情。

"嘀!"罗斯肯大喊。

马车往山坡下驶去,太阳朝天顶逼近,马儿往北走,离开了克隆尼街。

5

告诉我,美丽的女孩,你家里还有像你一样的女孩吗?还有几个哟,和气的先生,当——地当,当——地当[1]。

多么高尚,多么雅致。

海伦哼着歌,在午后的阳光下凝视墙壁。她身上穿着和服(只不过是那种十分钱商店里卖的丝质品,但确实有那么点优雅气息,跟真货相差无几,没人会知道;只有弗朗西斯看过她穿这件衣服,不会有别人了;在伍尔沃斯的十分钱商店里,没人看见她不着痕迹地从架子上把和服拿走);和服内的她赤裸着身躯,整个人深陷在那张填充物越来越少的椅子里;她凝视着表面玻璃已经破裂的那幅画,

---

[1] 该歌词出自二十世纪初在百老汇上演的著名英国音乐剧 *Florodora*。

画里的天鹅满布尘埃，那有着美丽白色颈项及背脊的天鹅：昔日的天鹅，昔日的。

> 啦啦啦，
>
> 啦啦哩啦啦，
>
> 啦啦哩啦啦，
>
> 啦啦啦……

她唱着。世界随之改变。

噢，音乐的美妙力量让海伦重获青春活力。这旋律将她带回那陶瓷般精致的岁月，那时她对于古典音乐事业怀抱雄心壮志。她的计划（之前是她父亲的计划）是追寻祖母的脚步，使这个家庭引以为傲：先是瓦萨学院，如果她像当时表现的那么杰出，接下来就是巴黎音乐学院，再来是办演奏会，然后就是世界巡回演出。如果你真的爱上某件事，彼时身体欠佳的亚契祖母告诉海伦，你会为它而死；因为当我们以全副精神去爱，我们愚蠢渺小的自我便已死亡，我们就已不再惧怕死。你会为你的音乐而死吗？海伦问。她的祖母说：我相信我已经为它而死。不到一个月后，她便残酷地被击倒了，再也起不来。

昔日的天鹅，昔日的。

海伦的第一次死亡。

她的第二次死亡发生在瓦萨学院的数学课，那时她大一才念了两个月。年轻貌美又脚踏高跟鞋的卡蜜可太太一拐一拐地来到海伦面前，把她带去办公室。卡蜜可太太说，你有个访客，是你的安德鲁叔叔。他告诉海伦，她父亲生病了。

然而在从波基普西市开出的火车上，又变成他死了。

而在从奥尔巴尼出发、开上国土街斜坡的马车里，他又说，那个男人竟然是令人难以置信地纵身跃下了老鹰街的高架道路。

分不清恐惧或悲伤的海伦完全没流泪，一直到葬礼的两天以后，她母亲才告诉她，孩子，你不能再念瓦萨学院了；布莱恩·亚契自杀了，因为他已将财产挥霍殆尽；剩下的钱不会浪费在教育像海伦这样的傻女孩上，而会拿来支付她哥哥在奥尔巴尼法律学院最后一年的费用；因为律师能拯救这个家，而古典乐钢琴家实在帮不上什么忙。

虽然没有计时的工具，海伦却感觉自己已在椅子上坐了好几小时。不过从跛脚的老多诺文来门口跟她说话后，时间至少过了一小时。他说：海伦，你还好吗？你整天待在里面，不想吃点东西吗？我在煮咖啡，你要喝吗？海伦说：噢谢谢你，老瘸子，谢谢你记得我还有个躯壳，我几乎忘了呢。不用，我不用喝咖啡，谢谢你，你真好心。你家里还有像你这样的人吗？

  欢乐，美丽的神性火花，
  来自天国的女儿！[1]

  那天几乎是从音乐开始。离开芬尼的车时，她嘴里哼着《感恩赞歌》；她说不上来为什么。六点钟的天还是黑的，芬尼和另一个男人还在打呼噜，但这首歌已成为她早晨一路上的主题曲。她边走边想着自己下一刻该做什么，还有她的十二块钱，她毕生积蓄的最后十二块钱，她从来不打算告诉弗朗西斯的一笔钱，这笔钱还安稳地塞在她的胸罩里。

  别碰我的胸部，芬尼，很痛，她说了一遍又一遍，怕他摸到钱。芬尼答应了，只探索她两腿之间，费尽吃奶的力气想射精，而她，上天垂怜，她试着帮助他。但芬尼就是无法射精，最后精疲力竭地往后躺，一脸漠然地擦干下身后睡着了。海伦没睡也睡不着，睡眠好像已经成为过去式。

  好几个星期以来，就算在休息时间，她也只能勾勒出飘荡在梦境边缘的清醒画面：一群欢欣的天使跪在上帝的

---

[1] 贝多芬第九交响曲《欢乐颂》，以下同。

羔羊面前，而所有毛毛虫都交织成天使秀发上的一只大蝴蝶，这就是属于海伦的喜悦幻觉。

失眠的海伦为何喜悦？因为她能借此躲避邪恶的爱与嗜血的蜘蛛。因为她已经掌握遁入音乐和愉快回忆的诀窍。她穿上灯笼裤，侧身从车里溜出来，走入霎时转亮的天光，在那夜晚即将消逝的天空中，依旧见得到金星。金星，你是我的幸运之星。

海伦低着头走向教堂。她小心翼翼地走着，此时天使出现（她还穿着和服）向她呼唤：噢，来自天国的女儿，我们酣醉于欢乐之火，攀升来到你的殿堂！

多美好呀！

这间教堂是圣安东尼教堂，帕多瓦的圣安东尼，显现奇迹的圣人，他打击异端邪说，他是《圣经》里的方舟；他不但找到了失传的文章，也是穷人、怀孕与不孕女性的守护者。在待遇有如当今的黑鬼与爱尔兰佬的城市里，意大利人都到这间教堂为灵魂求取庇护。海伦通常会往斜坡上走几个街口，好去那间无罪天主教大教堂，但她觉得肿块太重，好像肚子里有块大石，因此即便害怕意大利人，她还是选择了不太需要爬坡的圣安东尼教堂。那些意大利人看起来黑黝黝的，而且很危险。她也不太喜欢他们的食物，尤其是大蒜。而且他们好像永远都不会死。海伦的母亲曾告诉她,说他们成天吃橄榄油的用处便在于此,你这辈子见过哪个意大利人生病?

在弥撒开始之前,教堂中回荡的管风琴声传了出来,人行道上的海伦知道今天有个好兆头,毕竟在黎明之际有就如此神圣的音乐向她致意。教堂里有几十人,这个人数就天主教的圣日而言不算多。不是每个人都像海伦一样觉得有望弥撒的义务,不过话说回来,望弥撒的时间也不过是早晨的七到十分钟。

海伦笔直地往前走,坐在中央过道左方的第三排长椅上,前方是个长得像指挥家沃尔特·达姆罗施[1]的男人。她注意到蜡烛台,因此起身走了过去,丢了放在外套口袋里的两分钱,她仅有的零钱。当管风琴手演奏起格列高利圣歌之际,海伦为弗朗西斯点了蜡烛,还替他念了一段圣母经,好让神指引他如何解决自己的问题。这可怜的男人罪孽深重。

海伦现在通过远离弗朗西斯来帮助他。就在她手握芬尼那短粗、没有充血、未割包皮的小小阴茎时,她就下定了决心:她不会去教会,她要走出他的生命,因为她明白,

---

[1] 沃尔特·达姆罗施(Walter Damrosch, 1862—1950),出生于德国的美国指挥家,曾长期担任纽约交响乐团(New York Symphony Orchestra)的总监一职。

在又一次将她安置在芬尼车里并清楚她下场为何的同时，弗朗西斯已经蓄意让自己的妻子与人通奸，他蓄意贬低她，而且借此蓄意将他俩对彼此的爱意与尊重抽离出来。

那么，为何海伦任由弗朗西斯对他们俩做出这种事？

好吧，她甘心顺从弗朗西斯，她向来如此。正是这顺从的态度，才让他与她的关系在九年内的大多时间得以维持。有多少次她离开他？不计其数。有多少次她知道他人在何处而回到他身边？次数一样多，但现在要减去一次。

长得像沃尔特·达姆罗施的那家伙在蜡烛台前仔细端详她的动作。十六岁时，她曾看过丹洛希姆本人在哈曼那斯·布利克演奏厅仔细端详第九交响曲的乐谱，当时他的表情正是如此。仔细听，她父亲当时告诉她，德布西要说的是"一株树的所有叶子突然神奇地同时向外生长"，这是人类的声音有史以来第一次进入交响乐作品。或许，我的海伦，有一天你也会创作出伟大的音乐。你永远不知道一个人的胸臆中藏有多少潜力。

铃声响起，神父和两个辅祭男孩从圣器收藏室里走出来，弥撒开始。没有玫瑰经的海伦想找东西来念，然后在前面的长椅上找到一本《跟随弥撒》的小册子。她读着普通的弥撒内容，在圣经日课里，约翰看见上帝的天使从旭日东升处升天，并看见了另外四个被赋予权力伤害土地与大海的天使；上帝的天使告诉四个坏天使：不要伤害土地，不要伤害大海，不要伤害树木……

海伦合上小册子。

为什么要派天使去伤害土地与大海呢？印象中她似乎从未读过这一段，实在很可怕。地震天使将地表分开，海藻天使则用海藻将海阻塞。

思考这一切让海伦无法忍受，因此她把目光移向其他听弥撒的人。她看见一个男孩，大概九岁，如果她没有流产而是怀了孩子，他很可能就是她和弗朗西斯的孩子吧，那可是她子宫唯一成功的一次受精。男孩前面是个下跪的女人，她用弯曲的双手抓住长椅前方，好支撑住瘫痪歪斜的骨架。止住她的颤抖吧，噢上帝，拉直她的骨头吧，海伦祈祷着。接着神父宣读福音。哀恸的人有福了，因为他们必得安慰。人若因我辱骂你们、逼迫你们、捏造各样坏话诽谤你们，你们就有福了。应当欢喜快乐，因为你们在天上的赏赐是大的。

快乐。是的。

  拥抱吧，万民，
   这个吻献给全世界。

海伦无法从头站到尾，一阵虚弱使她坐了下来。等弥撒结束后，她会试着吃点东西到肚子里。一杯咖啡，或一口吐司。

海伦转头想数室内有多少人。此刻教堂坐了超过三分之一满，大约一百五十人。他们不可能全是意大利人，因为有个女人看起来像极海伦的母亲。这个冒牌的玛丽·约瑟芬·娜妮·亚契太太戴着秀气的黑帽子，在这点上，海伦和弗朗西斯倒是很像：他俩的母亲都很瞧不起他们。

二十一年后，海伦发现了夹在上锁日记里的那张纸，那是她父亲决定自杀时写的遗嘱，她当时不知道它的存在。这遗嘱将一笔不多不少的遗产一半留给海伦，另一半平分给她的母亲和哥哥。

海伦的母亲当时已经中风，在踏进坟墓之前还由海伦照顾了十年，当她把遗嘱大声念给母亲听时，回报海伦的却是母亲偷走她未来的胜利笑容。母亲的胜利使这对母子得以过着如同孔雀一般的日子。而现在她的儿子已经变成擅长夺取寡妇的遗产继承权的知名律师，每次都挂掉海伦打给他的电话。

因为你对自己伤害她的作为毫不知情，所以海伦从未报复你，帕特里克。毕竟从中获利最多的你也不明白母亲的盗窃行为。不过海伦的确曾设法报复过母亲。于是就在那一天,她离开她搬到纽约市,把最后的抚养责任交给她亲爱的哥哥。他把这老废物丢在公立疗养院里,但海伦喜欢将其想成救济院。她哥哥后来让奥尔巴尼支付她余生的费用。

在救济院里,孤苦无依,无人关爱。

你那身美丽的羽毛到哪儿去了,母亲?

但是海伦,你怎敢如此恶毒?虽然为时短暂,虽然已是许久之前,但你不也曾有过自己的尾羽?看看你,坐在那里盯着在床铺上召唤你的肮脏床单,敏感纤细的你拒绝睡这床单,不是吗?不只因为脏,也因为你拒绝躺在没有相应美丽事物的床上,毕竟旁边只陪衬着裂开的灰泥墙和油漆剥落的天花板;然而现在坐在椅子上的你至少可以看着祖母天鹅,甚至看着门后那个蓝色的纸板时钟,它或许能让你估计自己生命中的时光:请在某一时刻叫醒我,仿佛曾有哪个买了钟的人在过去或未来需要这样的暗示。仿佛他们要是真用了它、看到它、留意它之后,就连跛脚的多诺文都会跟着了解。此时钟面显示着十点五十五分。真是假惺惺。

当你坐在这么一个房间内的床边,握着没有擦亮的黄铜床柱,望着肮脏的床单和角落的一团团灰尘时,你因为一股强烈的冲动跑进厕所,在那里吐了半个多小时,然后梳洗干净。不。你会因为一股冲动跑到走廊尽头那间真正的浴室,老是把蟑螂打扁之后淹死,然后刷洗浴缸,刷,刷,刷。你会穿着和服从走廊走向浴室,把杏仁肥皂放在你的粉红色浴巾里。地毯很厚,就在你软底的拖鞋底下,你小时候都是把这双拖鞋收在床底下:它表面有棕色的羊毛流苏,里面是柔软的黄色衬里,像小孩的手套。你收到时就放在圣诞树底下惠特妮百货公司的包装盒里。圣诞老公公去惠特妮百货公司买东西。

等到你根本不在乎惠特妮百货公司,或圣诞老公公,或鞋子,或脚,或甚至弗朗西斯,等到你以为只要还剩一口气就能维持下去的东西都已耗尽,而你仍是海伦这样的女人,你便会牢牢握住黄铜床柱,千真万确,正如你会光脚或穿着一边带子断掉的鞋子走向走廊,脚底踩着脏污不堪的破烂地毯,然后用毛巾清洗腋下和年老胸部中央以减少身体异味。如果还有任何人值得为他这么做。

海伦当然不屑于这样的念头,和她母亲一模一样,她用冷水把毛巾洗干净,这里也只有冷水,而且非得把毛巾洗过两次后才敢拿来洗脸。然后她会(是的,她会,你想得到吗?你记得吗?)用"蓬巴杜夫人牌爽身粉"轻拍全身,再用巴黎紫罗兰香水沾一下耳朵,接着头发这边梳六十下,那边六十下,然后对着镜中人说外在美不如内在美。但亚瑟就爱她的美貌。

做完弥撒,海伦离开圣安东尼教堂,然后看到一个有点像亚瑟的男人,他快要秃头了,就像他一直以来的模样。不过那不是亚瑟,因为亚瑟死了,死了也好。一九〇六年,十九岁的海伦到亚瑟的钢琴店工作,一开始只卖琴谱,后来也向客户示范亚瑟的钢琴音色有多么优美,只要你弹奏得宜。

看看她呀,她挺直背脊坐在曲克令竖式钢琴前面,为那对毫无音乐品位的夫妇弹奏《你要来我家吗?》。看看她坐在施坦威三角钢琴前,为那位了解她音乐的美丽女士弹奏巴赫组曲。看看呀,这两批人都买了钢琴,这都要归功于神奇的海伦。

但后来在二十七岁的某一天,她的人生完蛋了。她终于知道自己永远不会结婚,她的音乐生涯或许永远跨不出钢琴店。这时候海伦想到舒伯特,他一辈子都只是个儿童钢琴老师,贫病交加,写的一首曲子只卖十五或二十分钱,最后死于三十一岁;在糟糕透顶的这一天,海伦坐在施坦威三角钢琴前面弹奏《谁是西尔维娅》,然后凭着记忆弹奏《冬之旅》里的那首《乌鸦》。

才华洋溢的舒伯特,

　　绽放的才能注定无人察觉,

就像海伦一样。

那是亚瑟的错吗?

噢,每到周二与周四,他会提早关店,她便成为他爱的禁脔。另外还有周五晚上,他太太还以为他在"门德尔松俱乐部"排练。每到这些时候,海伦便在高街上那个窗帘紧闭的小房间里,裸身坐在床上,而亚瑟则会起身穿上睡袍,告诫她的不再是性,而是庄严弥撒或舒伯特的艺术歌曲集,又或是贝多芬壮丽辉煌的第九交响曲——柏辽兹不是曾说它像五月初升旭日的第一道光芒?

其实他三者都会讲。而且不只这三首曲子,他曾谈过更多、更多首曲子。每当此时,他的精液从海伦身上流出,而海伦则满心崇拜地聆听奇妙的亚瑟。对于所有自己曾经弹奏、吟唱或想象过的音乐,她都是如此强烈渴望。

这些幽会总是持续不断:周二、周四和一成不变的周五。现在的海伦能看见了,她看见一个女人的贫瘠梦想,看见梦想里被糟蹋的种子:一颗发芽后长成奇形怪状、随风飘散的种子,那种子长大后毫无用处,甚至对它的同类也没有价值,因为它没有孕育出自己的种子;这变种的生物只能像其他野生的东西一样,一天过一天,然后枯萎,然后死去,然后落地,然后消失。

这个海伦开花了。

你永远不知道一个人的胸膛中有多大潜力。

你永远想不到亚瑟会抛弃海伦,投入一个年轻音盲秘书的怀里,她不过是个大屁股的音乐文盲。

你爱留多久就留多久,我的爱人,亚瑟对海伦这么说;再也没有像你这么优秀的女销售员了。

哎呀,可怜的海伦,善良的亚瑟爱错了她的天分;海伦给了他这天分,却因此伤了自己:亚瑟调教了她的身体与灵魂,然后把这两者送入地狱。

海伦从圣安东尼教堂走到南珍珠街,然后朝北走,想找间餐厅。她想象自己坐在国土街上的"报春花英式茶房",他们供应小巧的西洋水芹三明治,切边吐司,茶则装在日本制的茶杯和茶托里,小块方糖放在银碗中,旁边还放着精致无比的银夹子。

但她只是勉为其难地走进华尔道夫自助餐厅,这里的咖啡只要五分钱,奶油吐司十分钱。她小心翼翼地从胸罩里拿出一张一元钞票,握在放进外套口袋的左拳中。她只在把咖啡和吐司拿到餐桌上时才放开那张钞票,然后又重新抓紧。这下子她的钱少了十五分,全身上下只剩十一块八十五分。她把糖和奶加到咖啡里,啜了一口,吃了半片吐司,另一片咬了一口,其他都剩了下来。她喝光了咖啡,但实在吃不下什么食物。

她付了钱，出了餐厅门，走上北珍珠街。她捏紧零钱，心里想着弗朗西斯，还有往后的出路。阳光很暖和，但寒风刺骨，让她的心飞进了室内。因此她走向普鲁伊恩图书馆，她的避风港。她坐在一张桌子前抱着身子发抖，虽然慢慢暖了起来，但骨子里还是冷。她存心打起瞌睡，就为了在梦中飞向阳光普照又有白鸟飞翔的海岸，但有位白发的图书馆员摇醒她："女士，照规定不能在图书馆里睡觉。"她放了本过期的《生活》杂志在海伦面前，又从隔桌拿起用报夹固定的早报《时代联合报》递给她，加了句："但是如果你打算看看书报，亲爱的，那么待多久都没关系。"这女人透过夹鼻眼镜对她微笑，海伦也报以微笑。这世界上还是有好人，有时候你会遇见他们。有时候。

海伦于是开始翻看《生活》杂志。她看到一张照片，上面是穿戴大衣与帽子的男女排成一列，他们手插在口袋里抵挡圣路易斯日的寒风，正在等着领取他们的赋税减免单。她还看到一张歌手米莉·史默斯的照片，还有一个在微笑的黑人洗衣妇：一个礼拜赚十五块钱的她刚中了十五万爱尔兰彩票。

海伦合上杂志，开始看报纸。气象播报员说天气晴朗，气温上升，真是个骗子。今天或许有十摄氏度以上，但昨天是零度，冷得要命。海伦发抖，想着该租个房间。在克罗斯利的民意调查中，州长候选人杜伊领先雷曼。奥尔巴尼市达德利天文台的班杰明·罗斯博士说火星人无法攻击地球，还加了句："很难想象会有火箭或太空船到达地球。地球是个很小的目标，不管怎么看，火星人都会错过地球。"奥尔巴尼市长柴契尔否认一九三六年有五千个投票者进行假登记。某妇女在儿子从货车厢跳下来摔死后服毒。

海伦翻到下一页，发现马丁·多尔蒂那篇有关比利·费伦与绑架案的报道。读完后她开始哭，一个字也没看进去，只知道弗朗西斯的家人要把他从她身边带走了。如果弗朗西斯和海伦共同拥有一栋房子，他绝对不会离开她。绝对不会。但他们从一九三〇年代初就一直没房子。当时弗朗西斯在南区当修理工人，为了不让人认出来而留了满脸大胡子，并自称比尔·班森。后来修理店倒闭，弗朗西斯又开始喝酒。在失业了几个月、连一个工作机会都没有之后，他便抛下了海伦。"我对你或对任何人都没半点好处，"他在离开之前一边狂饮一边对她说，"之前没有任何成就，之后也永远不会有。"

真是精辟的见解，弗朗西斯。你可真是未卜先知，看得出自己会一事无成，甚至在海伦眼里都是如此。弗朗西斯此刻正在某处，孤单一人，连海伦也不再爱他了。不。是因为和爱有关的一切现在都已死去，因疲惫而耗尽。海伦对弗朗西斯没有浪漫之爱，因为那种爱早在多年前就已褪色，那是一朵绽放一次后就永远死去的玫瑰。她对弗朗西斯也没有同伴之爱，因为他总是对她吼叫，任由她被其他男人染指。她当然也不把他当成可以爱的人，因为他再也无法那样去爱。他在很长的一段时间内如此努力，比你想象中更努力、时间也更久，但芬尼，这一切都只让海伦看了心痛。海伦的身体没有受到伤害，因为她受到伤害的部分现在已经太肥，而且太老，再也没有什么能伤害她了。

即便当弗朗西斯还身强体壮时，他也无法一路到底，因为她比他更深。她总是需要特别大的玩意儿，比弗朗西斯的更大。在离开亚瑟之后，她第一次和其他男人玩时就有这种想法，因为亚瑟的实在太大，但她一直没得到需要的大小。好吧，或许曾经有一次。那是谁？海伦想不起那次一夜情中的面孔。现在的她什么也想不起来，只记得那一晚，那唯一一次，她体内的某种东西被碰触的感觉：之前从未有人碰触的核心深处，或说之后再也无人碰触过。就在那时她想：这就是为什么有些女孩变成妓女，这感觉真棒，只要当了妓女，就永远会有其他新人来帮你解决。

但海伦这种女孩绝不会真的做出这种事，她无法对任何经过的男人敞开自己，就算开了价也不行。真的有人认为海伦是那种女孩吗？

欢乐颂，请了。

欢乐，美丽的神性火花，
来自天国的女儿！

海伦的肚子咕噜咕噜响，她离开图书馆，深深吸入晨间有益健康的空气。她沿着柯林顿大道走，接着沿百老汇街往南，胸口却隐约涌上一股恶心的感觉，因此她停在路边的两辆车子间，抓着一根电话杆准备吐，但反胃感却过去了。她继续往前走，经过火车站，直到发现"现代音乐工坊"橱窗里的乐器才停下脚步。她用眼睛把玩斑鸠琴和尤克里里，还有小鼓和伸缩喇叭，以及小喇叭和小提琴。许多留声机唱片立在乐器上方的架子上：班尼·古德曼、多西兄弟、平·克劳斯贝、约翰·麦科马克演唱舒伯特，以及贝多芬的《热情》。

她走进店里，对那些乐器摸摸看看。她浏览架上的新歌谱：《扁平足妓女》、《我心属于爹地》和《你以前一定是个可爱的小宝宝》，接着走到柜台前问那位一头光滑棕发的年轻人："有没有贝多芬的第九交响曲？"她停顿了一下。"我可以看你们橱窗里那张舒伯特的唱片吗？"

"我们有贝多芬，你也可以看看舒伯特的唱片。"那男人说。他找到这两张唱片，拿给她，然后把试听间指给她看，她可以在里面独自听音乐。

她先放了舒伯特，约翰·麦科马克的声音开始问：谁是西尔维娅？她是何方神圣？为什么我们乡下的每个年轻人都对她赞不绝口？……她的人品是否一如她的美貌？虽然她非常喜爱麦科马克，也很崇拜舒伯特，但她决定暂且把这两人放在一旁，改听第九交响曲。

　　欢乐，美丽的神性火花，
　　来自天国的女儿！

海伦将涌入耳中的德文翻译成自己充满喜悦的语言。

　　得到温柔女子欢心的人，
　　也会欣然投入这场欢庆！

噢，她感到一阵狂喜。音乐使她逐渐感到眩晕：双簧管、低音管、歌唱声和宏伟开展的赋格曲。诙谐曲。活泼的快板。

海伦昏了过去。

一位年轻女顾客看见她倒在地上，于是几乎立刻跑到她身边。海伦在她膝头清醒过来，年轻的店员则用一张绿色唱片套替她扇风。贝多芬，曾经翠绿，翠绿如林间空地。唱针划过唱片沟槽末尾，音乐停止，但海伦脑海中的音乐没有停。它仍在播放，是五月旭日的第一道光。

"你觉得怎么样，女士？"店员问。

海伦微笑，她听见长笛和中提琴的声音。

"我想我没事。你可以扶我站起来吗？"

"休息一分钟，"那女孩说，"先弄清楚状况。你需要找医生看看吗？"

"不，不用，谢谢你。我知道是什么毛病。一两分钟就好了。"

但此时她知道了，她必须租个房间，而且立刻就要。她不想倒卧街头。她需要一个自己的地方，温暖干燥，所有东西都在身边。店员和年轻女顾客扶她起身，在一旁看着她坐回试听间的长椅上。这两位年轻人在走开前再三确认海伦完全清醒，应该不会再次昏倒。此时她把第四乐章的唱片滑进外套，放在上衣里，让它好端端藏在医生声称良性的那个肿块上。这么大的一个东西怎么可能是良性的？她在不弄破唱片的情形下尽可能用外套紧裹住自己，向她的两位救命恩人道谢，然后缓缓走出店门。

她的袋子还在帕伦波旅馆，所以她朝那里走去：一直往前，经过麦迪逊大道。她是否能一路不昏倒地抵达旅馆呢？噢，她办到了。她精疲力竭，但在歪歪倒倒的摇椅上她看到跛脚的老多诺文，脚边放了痰盂，就坐在一楼和二楼中间的楼梯转角处——这栋建筑所谓的大厅就这么点大。她说她想赎回她的袋子，并且租个房间，就是她和弗朗西斯每次租的那间，如果空着的话。现在它确实是空的。

赎回袋子要六块钱，老多诺文说，住一晚一块半，连续住两晚的话两块半。一晚就好，海伦说，但她随后想道：万一我今晚没死呢？我明天也需要住呀。所以她接受了打折的价钱，此时身上只剩下三块钱三十五分。

老多诺文给了她二楼房间的钥匙，然后到地下室去拿她的行李袋。

"最近不常看到你。"多诺文把她的行李袋拿到房间时说。

"我们一直很忙，"海伦说，"弗朗西斯找到工作了。"

"找到工作？真的？"

"我们现在很上轨道，你可以这么说。我有可能会在汉弥顿街上租间公寓。"

"你们现在手头宽裕了。太好了。弗朗西斯今晚会来吗？"

"他可能会来，可能不会，"海伦说，"要看他工作情况，还有他忙不忙。"

"我懂了。"多诺文说。

她打开行李袋找到和服穿上，然后去梳洗，但在梳洗之前又忍不住吐了；她坐在马桶前的地板上吐到没东西可吐，然后干呕了五分钟，最后甚至啜了几口水好让自己有东西可吐。弗朗西斯还以为她不肯吃杰克的乳酪三明治只是为了唱反调。

终于吐完了，她漱漱口，冲洗刺痛的眼睛，然后真的，真的把自己洗干净，之后再踩着破烂的地毯走回房间，一边凝视天鹅，一边回想自己和弗朗西斯在这房里度过的夜晚。

比如克莱拉那个廉价的婊子，她曾抢了一个穿着棕色西装的俊俏小伙子，然后跑来这里躲。如果你要跟一个男人睡，就去跟他睡，弗朗西斯说。做个该死的好女人。如果真要抢一个男人，就去抢他。不要跟他睡了然后又抢他。弗朗西斯真会讲大道理。噢克莱拉，看在老天的分上，你为什么要把麻烦带来这里？就算没有你，我们的麻烦也已经够多了呀。克莱拉只抢到十四块钱。但那也是一大笔钱。

海伦把贝多芬的唱片靠在床中央的枕头上仔细检视，这唱片真完美。然后她在行李袋里东翻西找，摸摸看看：另一条灯笼裤、水钻蝴蝶、有破洞的蓝裙子、弗朗西斯的安全刮胡刀和小刀、他的棒球剪报、他的红衬衫，还有他棕色鞋子的左脚，右脚不见了；但一只鞋子总比没鞋子好，是吧？这是弗朗西斯留着它的理由。桑德拉掉了只鞋子时，弗朗西斯也替她找回来。弗朗西斯真的很体贴。各方面都好。非常像个天主教教徒，虽然他假装不是。这就是为什么弗朗西斯和海伦一直没结婚。

海伦和弗朗西斯被宗教阻挠了他们的婚姻，这不是很好吗？

这主意不是棒透了吗？

说真的，海伦和弗朗西斯都想自由自在地飞翔。在亚瑟之后，她知道自己会永远渴望自由，即便她必须为此吃尽苦头。

亚瑟，亚瑟，海伦再也不为任何事怪你。她知道你与弗朗西斯截然不同：你是个忠诚度薄弱的男人。她也知道是她自己容许你伤害她。

海伦还记得她说要辞职的那一天，那天她接受了一份替默剧和歌舞杂耍剧弹奏钢琴的工作，她也记得亚瑟是如何面带微笑祝她好运。任性地在这世界上活下去吧，当时海伦就是这么做的（现在也是）。她打定主意要活得优雅，你可以这么形容，无论事实证明这优雅有多么捉摸不定。

这任性的行为是海伦对自己施展的小把戏吗？

反过来说，她的漂泊是否为了回应那来自内心深处的冲动？

说真的，世事为何总是不如人意？

为什么海伦的人生总是转入某条暗巷，像只流浪的老猫？

海伦是何方神圣？

请问，谁是西尔维娅？

请问？

海伦站起来握住黄铜床柱。她的脚就像精美的黄铜床柱，不像这张床的黄铜床柱那样未经琢磨。在生命最后的尽头、城市的尽头、旅馆的尽头、床铺的尽头，海伦仍是那无比精雕细琢之人。

当一个海伦这样的人来到某个尽头时，她总会变得怀旧与感伤。她向来欣赏生命中的美好事物：音乐、好言好语、良好教养、鲜花、阳光和好男人。要是他人晓得海伦的人生走入另一个方向——而不是把她带到这房间的方向——的模样，他们必会感到悲伤。

这些人或许还会哭泣，可能因为他们希望像海伦这种女人可以继续活下去，直到她们找到自我、改正自己、发现永不止息的喜悦，而非走到寂寞的尽头。他们或许会觉得某件特定的事情在某处出了差错，要是这件事情对了，就不会让海伦这种女人走到如此不堪的地步。

但错就错在这里，因为海伦和其他女人不一样。

海伦并不象征失去，她不是那种选错路的人，也不觉得早知如此何必当初。

海伦不是全凭直觉的疯子，她并不从内心深处偏执地渴望得到一切，当然也不想得到足以摧毁那种渴望的力量。

海伦不是已经用到第九条命的流浪老猫。

她的父亲将她养育得那么优雅，拥有高度自我发展的能力，因此海伦自从出生后就根据理性思考，要做决定时，她也会参考时下流行的知识、对于规范的直觉，以及朋友、爱人、敌人和其他人给予的一般性指导。她的头部从未受伤，而且不像某些人以为的只有一团糨糊。她从不忘记读报，虽然近几年次数渐减，因为现在几乎所有新闻都是坏消息。她总会听收音机，跟上最新流行的音乐，冬天还会在图书馆里看女性与爱情方面的小说：海伦很熟悉莉莉·巴特[1]和黛西·米勒[2]。海伦也很注意外表和身体清洁。她会按时清洗内衣裤，会戴耳环，也会穿着得体的衣

---

[1] 纽约女作家伊迪丝·华顿（Edith Wharton）的小说《欢乐之家》（*House of Mirth*）里的女主角。
[2] 小说家亨利·詹姆斯（Henry James）小说《黛西·米勒》（*Daisy Miller*）里的女主角。

服，而且在玫瑰经遭窃之前都随身携带。经历这场人生之后，她的感觉是：我真的相信自己大体上在做正确的事情。我相信上帝。我向国旗致敬。我清洗腋下和私处，就算真的喝太多又怎样？那又碍到了谁？谁知道我没喝的酒又有多少？

人们称海伦这种女人为醉醺醺的臭婊子，但说话时从没想过这些事。到底为什么会有人（像芬尼车后座那个龌龊的小红帽）想那样辱骂海伦？听到别人那样说东道西时，海伦就会用她的假装游戏掩饰自己。海伦记得那个词，即便弗朗西斯认为她忘了自己受过的教育，但她没有。她不是酒鬼也不是妓女。她所持的态度是：多年来我从来没有为了钱让男人作践我。有许多次我还和他们各付各的账。就算我让他们出酒钱，也是因为请女人喝酒是男人的本分。

而当你是个像海伦那样的女人，没有变成妓女，也没有诱使任何人犯下罪孽……（好吧，她的生命中有过几个年轻男孩，他们像海伦一样成天寂寞地泡在酒吧里，但看样子他们很清楚什么是罪孽。是有过那么一次。）

一次。

那是个男孩吗？

没错，他有一张长得像神父的脸。

噢，海伦，这种念头是多么亵渎啊。感谢上帝你从未爱上神父。要是有的话，你根本不知该如何解释。

因为神父是好人。

就在海伦紧握床柱，一边看着依旧显示十点五十分的时钟，一边想着拖鞋和音乐和美丽的蝴蝶和写着隐藏名字的小白石的同时，在她脑中闪过神父这个念头。如果你像海伦这样被抚养长大，你会把神父想成握有救赎之门钥匙的人。不管你犯了多少罪（多到像沙漠里的沙子、海里的盐巴），你仍免不了在紧握床柱和看着时钟时冒出赦免的念头，你甚至会回忆起自己曾把巴黎紫罗兰香水擦在胸罩上，因此当他解开你的衣服亲吻你那里时，才不会闻到丝毫的汗臭味。

但是海伦，无论如何，神父都不会跟胸罩或亲吻扯上半点关系，把两者放在一起想的你该感到羞愧。海伦真后悔有了这种念头，但毕竟对她和她的宗教而言，这些日子是最难熬的。即便今晨的她在弥撒时祷告，而且在那之后的一整天仍时不时地祷告，即便她昨晚在芬尼的车上祷告，虽然没睡也没机会睡却还是念了"现在我躺下来睡觉"[1]的祷词，但重点是，虽然海伦一直祷告，还是没有为了得到赦免而坦承罪孽的动力。

海伦甚至开始质疑自己到底是不是天主教教徒，这年

---

[1] 这是一段十八世纪孩童常说的晚祷词。

头天主教教徒到底该是什么样子？说实在话，她认为自己或许已经不是天主教教徒。但如果不是，她也绝不会是其他宗教的教徒，更不会是卫理公会教徒。柴斯特先生你听清楚了。

这种不确定感来自罪恶的累积，如果你坚称它们为罪恶，那么这些罪恶当然有一大堆，但海伦宁可称它们为选择，这也就是为何她没有坦承罪孽的动力。另一方面来说，海伦怀疑到底有没有人发觉她过的生活其实非常善良。她从未背叛任何人，而到头来，这件事对她是最要紧的。她承认她离开了弗朗西斯，但没人能说那是背叛，或许你可以称其为休夫，就和英王休掉他所爱的女人一样。海伦休掉这个她曾经深爱的男人，好让他如海伦所愿那般自由，就像她一直以来依自己意愿那般自由，就像他俩紧密契合又平等对待时那般自由。在海伦一九三三年生病时，弗朗西斯不是为了她而上街乞讨吗？嘿，在那之前他甚至不曾为自己乞讨过。如果弗朗西斯可以为了爱变成乞丐，那么海伦为什么不能出于同样的理由休掉他？

当然在某些人眼里，海伦与亚瑟和弗朗西斯的两段关系都是有罪的。她也承认，当最后审判来临时（床柱与钟，床柱与钟），某些她逾越的上帝与教堂戒律或许会一步步逐渐朝她逼近，但即便如此，也不会有神父来寻她，她当然也不会出去见他们。她不会为了任何理由对任何人宣称爱上弗朗西斯是有罪的,因为这件事或许是——不,非常有可能是——她人生中最重要的事情,至少比爱上亚瑟重要,毕竟亚瑟曾失信于她。

所以当跛脚多诺文在十一点又来敲门,问她是否有任何需要时,她说没有,谢谢你,老瘸子,我再也不需要任何东西或任何人。老多诺文说:晚班的人要来了,我要回家了。我早上再回来。海伦说:谢谢你,多诺文,非常感谢你的关心,感谢你来跟我道晚安。在他走出房门后她放开床柱,心里想着贝多芬,想着《欢乐颂》,

然后她听到欢乐的群众向前行进,

啦啦啦,

啦啦哩啦啦,

然后她感觉自己的双腿变成羽毛,看见自己的头飘起来迎向双腿。她的身体因为承载满满的喜乐而弯曲起来,

她看到它从未如此缓慢地飘起

此时白鸟滑过水面降落在日本和服上

它如此安静地降落,

轻柔地,

落在月光照亮的草地上。

6

大火先从百老汇街南边的一间仓库烧起来,就在市中心的老费西邦铁工厂附近。火势增强,烧出它自己的一块地方,往上蹿升,到达最完美的燃烧境界,让巨大的火焰染指天空。弗朗西斯和罗斯肯于是勒住马,停在卡车和汽车后面,罗斯肯的马出于本能的恐惧喷着气往后退开,此时火舌已经烧到储存的炸药雷管。仓库侧面爆炸,像炮弹炸开一样升起黑烟,而风将黑烟吹向他们。汽车司机把窗户摇上,然而弗朗西斯、罗斯肯和马儿的视线却模糊不清,饱受讨厌的黑烟所苦。

他们前方有个警察在引导车辆回转,打发所有司机掉头往北走。罗斯肯用弗朗西斯听不懂的外国话咒骂着。不过他确实在咒骂,错不了。当他们朝麦迪逊大道掉头时,两个男人的脸上都因眼睛刺痛而淌着泪水。

现在他们拉着空马车，因为当天的第一车破烂刚被倒在罗斯肯的院子里。弗朗西斯在院子里吃了一颗罗斯肯给的苹果当午餐，换上他的纯白衬衫，把那件已经变成古董的蓝色旧衬衫丢进罗斯肯的破布堆。然后他们出发去收今天第二轮，朝着城市南区的最远处前进，直到三点大火逼迫他们掉头。

罗斯肯来到珍珠街，马车驶进北奥尔巴尼，此时浓烟依旧从他们的下方和后方往天空蹿升。罗斯肯喊着他那只有两个音符的收破烂挽歌，几个聚在一起的家庭主妇注意到了他。在艾莫特街附近一间老房子的后院里，弗朗西斯拖出一辆底部有个生锈破洞又没了轮子的独轮推车。他把推车举起来放进马车，火的气味还留在他的鼻孔里，这时费德勒·昆恩出现在他面前，坐在一个倒放的金属夜壶上——某个自家后院的神射手在上面射满了洞。

费德勒从前是司机，现在穿着棕色粗呢西装，打着棕色圆点的蝴蝶结，头戴划船草帽，在弗朗西斯看到他时露出微笑。一九〇一年那天，他俩曾在百老汇街上一起点燃浸泡煤油的床单并拦住破坏罢工的有轨电车，自那天以来，这是他的第一次微笑。

一个军人用来复枪的枪托敲破了费德勒的头骨，不过在他被捕前，同情他的群众神不知鬼不觉地将他送到了安全的地方。然而这一敲让这家伙往后十几年没了脑子，只好由他的老处女姐姐玛莎照顾。玛莎因为费德勒的伤口俨然成了殉教者，她常带着成为英雄的植物人费德勒在北奥尔巴尼的街道上游行示众，好让附近的人看到：自作聪明参加有轨电车罢工，后果便是如此。

在一九一三年费德勒的葬礼上，弗朗西斯自愿抬棺，但玛莎拒绝了他；她认为在那个命中注定的早晨，正是弗朗西斯喜欢惹是生非的行事风格诱使费德勒做出了暴力行为。你的双手已经造成够多破坏了，她告诉弗朗西斯，不准碰我弟的棺材。

别在意她说的，费德勒坐在满是窟窿的夜壶上告诉弗朗西斯，我一点儿都不怪你。我不是比你大十岁吗？我难道不能自己做决定？

但接下来，费德勒又看了弗朗西斯一眼，这眼神为他的神秘姿态提供了解答。费德勒正色说道：你要原谅的是那双背叛你的手。

弗朗西斯抹去手指上的铁锈，到房子后面拿了更多废金属。等他抱了一大堆回来之后，身穿黑外套且头戴司机帽的工贼哈罗德·艾伦坐在费德勒旁边，而此时费德勒将草帽放在了膝头。弗朗西斯看着这两个人，哈罗德·艾伦则向弗朗西斯脱帽致意。这两个男人的头都血迹斑斑地敞开着，但血没有流下来，他们无法改变的伤口显然已经愈合，和眼睛一样成为他们轻飘飘身体的一部分，而此时他们的眼里正燃烧着被谋杀之人常见的大无畏热情。

弗朗西斯把破烂丢进马车，转身离开。当他回头确认那两人是否还在时，没轮子的独轮推车上又多了两个人。弗朗西斯叫不出他们的名字，但从他们凹陷的双眼中流露的惊愕神情，他知道他们是上街购物的人和男士服装用品商人。这两人都是旁观者，在弗朗西斯用平滑的石头敲开哈罗德·艾伦的头骨之后，军人对群众进行了报复扫射，他们正是在当时被杀害的。

"我好了，"弗朗西斯对罗斯肯说，"你呢？"

"匆匆忙忙干什么？"罗斯肯问。

"没必要继续停在这里。我们不是该走了吗？"

"这流浪汉也很没耐性。"罗斯肯说着爬上马车。

弗朗西斯感觉那四个鬼魂的目光落在他身上，但他只给他们看后脑勺。马车沿着珍珠街往北驶去，这条街是安妮的街。越来越近了。他拉起外套领子挡住又一阵的刺骨寒风，西边的天空被不祥的云朵逐渐染成灰色。埃尔默·里文伯格杂货店的橱窗上写着"汽水"字样的钟面指针指着三点半。初冬的第一天。如果今晚下雨而我们还在外面，我们一定会被冻得半死。

他搓着双手。双手是他的敌人吗？一个人的手怎么可能背叛他自己？这双手布满疤痕、老茧、断裂的指甲，以及在打别人下巴时碎掉又愈合得不好的骨头，还有又蓝又肿仿佛即将爆炸的血管。这双手的手指很长，当然除了断掉的手指以外。不过手指随着年龄渐长越来越粗，像是一棵树上长得很慢的树枝。

背叛者？怎么可能？

"你喜欢你的手吗？"弗朗西斯问罗斯肯。

"你说什么？喜欢？我喜欢我的手吗？"

"是。你喜欢你的手吗？"

罗斯肯看着他的手，又看看弗朗西斯，然后扭过头。

"我没开玩笑，"弗朗西斯说，"我有个想法：我的手爱做什么就做什么，你明白我的意思吗？"

"不太明白。"罗斯肯说。

"它们不需要我。它们只是该死地做着自己高兴的事。"

"啊哈，"罗斯肯说。他又看着自己粗糙的双手，然后看向弗朗西斯。"疯子。"他说，然后用缰绳抽了一下马屁股。"快走！"他改变了话题。

弗朗西斯想起史基比·马奎尔的左手。那是他离家去代顿的第一个夏天。史基比是弗朗西斯的室友，是个高个子投手，左撇子，走路时昂首阔步；他在投手板上表现得像个投手丘之王。嘿，如果他想，他也能站成一副不可一世的样子。但后来他的左手裂开，先是手指，然后是手掌。他细心呵护他的手：抹油、晒太阳、把手泡在泻盐和啤酒里，但就是治不好。后来球队经理失去了耐性，史基比只好不管手上裂伤练了十分钟，却把球都染成了红色，他的手指和手掌更是一片血肉模糊。经理说史基比是个蠢蛋，然后把他和他那双没用的手从薪资单上删掉了。

那天晚上史基比咒骂经理，喝得比平常还醉，虽然当时是八月，他却在煤炭炉上升起了火，等火烧旺时，他伸手进去捡起一把燃烧的煤炭。他给了那只属于犹大的背叛之手一点颜色瞧瞧。医生必须切断三根手指才救回他的手。

好吧，对罗斯肯这种人来说，弗朗西斯或许有点疯癫，但他可做不出史基比做的那种事。他会吗？他看着自己的双手，将疤痕与回忆联结起来。罗狄·迪克曾夺走他的手指。还有小指后方锯尺状的疤痕……那是一次对暴力的渴望的结果，那天晚上他为了一瓶葡萄酒打破中国城一间酒行的窗户。另外在第八大道上，他和一个想乱搞海伦的流浪汉打架，弄断了中指的第一个指节，伤口愈合后手指变得弯曲。还有个费城的疯子曾跑来偷弗朗西斯的帽子，最后咬掉了他左大拇指的指尖。

但弗朗西斯对付了他们。他不但替所有疤痕报了仇，也活着记住了每一个蠢家伙,其中大多数人现在八成都死了。他们或许是死在自己手里,又或者该说是死在弗朗西斯手里。

罗狄·迪克。

哈罗德·艾伦。

后面那个名字突然间像把神奇钥匙般开启了弗朗西斯的回忆。有生以来头一遭,他发觉自己的内在除了意识以外还有其他东西在作用:他领会出某种模式,对于自己过往所有暴力行为的观察,这模式向他揭示,曾有许多人因为他这双手残废或死亡,又或者像那两个没名字的讶异鬼魂,也是间接死于他的暴力行为。现在他跛了,左腿里的那片金属将使他终其一生都是个跛子,只因为一个男人从他手里偷了一瓶汽水。当时他找到那男人,那个小矮子,然后把汽水抢了回来,但那小矮子用斧头的柄把他的腿骨打碎了。那么弗朗西斯做了什么?那小矮子个子太小,他不能打他,所以他把小矮子的脸埋进土里,从他脖子后面咬下一块肉。

有些事我永远不想学会怎么做,弗朗西斯冒出了这个念头。

但我做了一些事,不需要学就会了。

但我永远不想学会那些事。

此刻弗朗西斯看着自己的手，仿佛那是来自灵魂某个犯罪角落的信差，仿佛是那双手创造了生命中某些非自愿的命定元素。他好像一直都是家族中的凶手，因为就他所知，没有别人过着像他一样的暴力生活。然而他从没有追求过那种生活。

但你却存心杀了我，马车后面的哈罗德·艾伦默默地说。

"不，"弗朗西斯头也不回地说，"我谁也没杀。我只是造成一些伤害，以此报复对方。比如说打破一扇有轨电车窗户，引起骚动，诸如此类。"

但你知道自己在棒球生涯之初的投球准度有多高，你总是引以为傲。你那天就是身怀绝技来到罢工现场，还花了整个早上寻找和棒球一样重的石头。然后你对准我丢石头，好让自己变成英雄。

"但不是想杀你。"

只是要把我的一只眼睛打下来，是吧？

弗朗西斯现在想起来了，有轨电车上的哈罗德·艾伦直挺挺地站着，是个绝佳的攻击目标。他还想起自己在协调视觉、动作手臂、目测距离，以及手腕瞬间扭动的种种感受。他当然也一辈子清楚地记得：哈罗德·艾伦被石头打到前额发际线后倒下的样子。此外，尽管弗朗西斯没有亲耳听到，却在那之后一直想象着那块石头（大概以每小时七十英里的速度飞去）击中哈洛·艾伦头骨时的声音。据他判断，那块石头打中头骨的声音就像用棒球打西瓜的声音一样空洞、坚硬，而且两者最后都会炸裂开来。

弗朗西斯思忖着自己那双手充满罪恶的自主权，并猜想史基比·马奎尔在最后几年对自己左手的自毁冲动了解多少。为什么那种自毁冲动一直出现在弗朗西斯心里呢？就连当他在匹兹堡市郊外的草丛中醒来时，冻得半死不活，冷得动不了，全身虚脱，比一块废铁还硬，他都会对自己说：

弗朗西斯，你再也不想忍受这种夜晚和早晨。时候到了，你该一头栽进桥底下。

但是过了一会儿你又站起来，拍掉耳朵上的霜，到某个地方去暖身子，再讨个五分钱喝咖啡，然后又朝某个离桥很远的地方前进。

弗朗西斯并不了解这番有关自杀的挑逗与背离。他不知道自己为何不像海伦的爸爸那样玩完后纵身一跃。或许因为他太忙，他总是忙着为接下来的半小时伤脑筋。弗朗西斯永远不可能好好欣赏落日，因为他是那种把事情搞砸了就一直逃跑的人；他从来没有时间在哪里停下来，就这么去死。

但他根本不想跑那么远。谁想得到，在弗朗西斯娶了安妮后的那顿感恩节晚餐上，他母亲突然对家人宣布，这个家再也不欢迎他或他那个平凡的小女人。两年后那老东西态度软化，特准弗朗西斯回去拜访，但他只去过一次，而且连大门都没进去，因为他发现这份特权不包括他身边那最了不起的安妮。

从此他和克隆尼街上的家人就再也不相往来。他把租在那条街上离家九间房子远的公寓清空，搬到靠近安妮家人的北区，直到那个凶老太婆（悲伤的、扭曲的、乖僻的、可怜的女人）死去，他都没有再踏入那该死的房子。

启程。

那就是某种形式的逃跑，第一次。

再次逃跑，在他杀了那个司机之后。

再次逃跑，每个夏天都远走高飞，逃到无法再逃，为的便是肯定自己拥有这逃跑的天分，那让他感到完整又无比从容的天分，那天分总能让他随着喧嚣的铜管乐队、吵闹的欢呼声及群众鼓掌所带来的快感起舞。在那几年间，只要逃跑，弗朗西斯便能保持清醒的头脑，但不要问他为什么。他很喜欢和安妮及孩子们住在一起，也喜欢妹妹玛丽，甚至还算喜欢弟弟彼得、奇克及那个低能弟弟汤米。在家里变得不欢迎弗朗西斯时，这些人全都跑去弗朗西斯家看他。

他喜欢奥尔巴尼的许多事情,还算喜欢。
但有一天,二月又来了,
距离再次融雪的日子不远了,
然后草又绿了,
然后跳舞的音乐在弗朗西斯脑海中响起,
然后他渴望再次逃走,
然后他真的逃走了。

有个男人从圣心教堂后面的小公寓里走出来,对罗斯肯招招手。于是罗斯肯勒住马,爬下马车去收购另一批破烂。弗朗西斯坐在马车上,看着一群孩子从"第二十公立学校"走出来过马路。

一个看来像老师的女人举手站在离十字路口几步远的地方,为的是增强红灯的效力,然而放眼望去一辆车都没有,只有罗斯肯那辆已经停住不动的马车。这些孩子结束了一整天世俗学校的课程,像一路纵队的蚂蚁般过了马路,然后进入那两个修女监护的对街角落。可以想见,这两个悄悄移动的黑衣人将会把上帝的神圣真理灌输给这群服从的年轻心灵:温柔的人有福了。弗朗西斯记得,比利和佩吉小时候也是从那所老学校被送到那间教堂,并在那里接受上帝的指导，仿佛真有谁能搞得懂那些道理。

因为想到比利和佩吉，弗朗西斯感到心头一震。他离他们住的地方只有一个街口远，而这地址他是从报纸上得知的。比利第一次开口邀他回家时，他跟比利说，我会找个礼拜天路过这里，然后带只火鸡来，但比利当时回答：妈的谁想吃火鸡？也是，谁会想吃呢？弗朗西斯也这么说。不过现在他想：我确实有那么点想吃。

罗斯肯爬回了马车后面。他没有跟公寓里的男人达成协议，因为对方只希望他把垃圾搬走。

"有些人啊，"罗斯肯对着他马儿的屁股说，"搞不清楚破烂是什么。它不是垃圾。而垃圾呢，也不是破烂。"

马儿继续往前走，每一次踢踏的马蹄声都让弗朗西斯的胸口更紧。他该怎么做？他要说什么？他真的无话可说。算了吧。不，去敲敲门好了。哎，我回来了。或许就这么说：我可以来杯咖啡吗？看看接下来会怎样。别叫他们施恩于他，也别做任何承诺。别道歉。别哭。就当这是一次拜访。听听新消息，问候大家，然后走人。

可是火鸡怎么办？

"我想早一点下马车，"弗朗西斯跟罗斯肯说，对方斜眼看他，"反正这一天也快过去了，离天开始黑大概还有一小时，不是吗？"他抬头看着灰蒙蒙但堪称明亮的天空，西边的阳光仍朦胧可见。

"天黑前就不干?"罗斯肯说,"你不能天黑前就不干。"

"我得去前面那里见一些人。好一阵子没看见他们。"

"那你去吧。"

"我想拿我工作到目前为止的薪水。"

"你没做完一整天。明天过来,我再算算要给你多少钱。"

"我做了大半天。一定有七小时,没午餐。"

"你只做了半天。离天黑还有三小时。"

"我做了不止半天。我做了不止七小时。我想你可以扣掉一块钱,这才公道。我不拿七块钱,拿六块钱就好,再扣掉二十五分的衬衫钱。五块七十五分。"

"你做了半天,你拿半天的钱。三块五十五分。"

"不行,先生。"

"不行?我是老板。"

"没错。你是老板。你也是个大块头,但我可不是傻瓜,我很清楚别人在剥削我。现在我想告诉你,罗斯肯先生,你把我惹毛了,我会对你很不客气。"他伸出右手好让对方瞧个仔细,"如果你认为我不会为了应得的东西打一架,那你最好看一看。这只手什么场面都见过。我指的可是最坏的情况。很多死人都是被我这只手送上了黄泉路。

你明白吗？"

罗斯肯勒住马，停下马车，把缰绳拴在踏板的一个钩子上。此时马车停在两条街中间，就在过了珍珠街的学校大门口正对面。更多孩子从学校出来，排成歪歪扭扭的纵队走向教堂。温柔的人有福了。罗斯肯端详弗朗西斯依旧伸直的右手，缺了几根手指，疤痕鲜明，血管跳动，剩下的手指则蜷缩在隐约成形的拳头里。

"威胁，"他说，"你威胁我。我不喜欢别人威胁我。我付五块二十五分，一毛也不多。"

"五块七十五分。五块七十五分才是公道的价钱。你活着就必须公道。"

罗斯肯从衬衫里掏出一根用皮绳挂在脖子上的零钱包，打开，从一沓钞票里拿出五张一元，点了两次，然后把钞票放在弗朗西斯伸出的手里。弗朗西斯掌心朝上收下钱。然后罗斯肯又加上那七十五分铜板。

"流浪汉就是流浪汉，"罗斯肯说，"我不会再雇用流浪汉。"

"谢啦。"弗朗西斯说着把钱放进口袋里。

"你这人我不喜欢。"罗斯肯说。

"我倒是有那么点儿喜欢你，"弗朗西斯说，"一旦跟我熟了，你会知道我这人其实不坏。"他跳下马车，向罗斯肯敬个礼,但罗斯肯没多看他一眼,只是沉默地将装了一车破烂又没了鬼魂的马车开走。

弗朗西斯跛着脚朝那栋房子走去,他的脚似乎比过去几个礼拜跛得更严重。他的脚在痛,但不至于无法忍受。然而他无法以普通的步伐把脚从人行道上抬起来。他走得出奇的慢,在路人看来,他仿佛是在从铺了黏胶的人行道上抬起脚。他看不清半个街口外的那栋房子,只看到大概属于那栋房子的灰色前廊。他停下来,看到一个圆滚滚的中年妇女从另一栋房子里走出来。他在她快要经过他身边时开口说话。

"打扰你了,太太,你知道我可以到哪里买一只美味的小火鸡吗?"

这女人先是一脸惊讶地看着他,面露惧色,接着迅雷不及掩耳地退回房子前的步道上,然后跑回屋里。弗朗西斯讶异地看着她。他既没喝酒又穿了新衬衫,怎么一个简单的问题就能把一位女士吓跑?大门再次打开,一个秃头男人穿着内衣和长裤光脚出现在门口。

"你刚刚问我太太什么?"他说。

"我问她知不知道可以去哪里买只火鸡。"

"买火鸡干吗?"

"这个嘛，"弗朗西斯说。他停顿了一会儿，然后拖着一只脚说，"我的鸭子死了。"

"走开吧，老兄。"

"懂了。"弗朗西斯跛着脚走开。

他叫住一群从对街朝他走来的男学生问道："喂，小朋友，你们知道这附近哪里有肉铺吗？"

"知道，杰瑞肉铺，"有个小男孩说，"就在百老汇街和隆恩大道交叉口。"

弗朗西斯向那男孩道谢，其他人都盯着他们看。等到弗朗西斯往前走后，他们又全都转头跑到他前面去。他经过了那栋房子，但没有看它，步伐加快了些。他必须走两个街口到肉铺，然后再走两个街口回来。或许他们有特价火鸡。不然买只鸡代替算了？不行。

在隆恩大道上的他已经走得很好了，等到了百老汇街上，如果以他自己的标准来看，他的步伐已经堪称正常。杰瑞肉铺的地上铺了没有打磨上漆的木头地板，上面撒了木屑，干净得不得了。亮晶晶的白色陈列柜有着倾斜发亮的玻璃，里面展示着成排漂亮的猪肝、猪腰和培根，还有对于弗朗西斯这唯一顾客而言十分诱人的肉排和肋排，以及绞得很美的香肠和汉堡肉。

"需要什么？"一个穿白围裙的肉贩问。他的头发黑得连脸上的皮肤都仿佛漂白过似的。

"火鸡,"弗朗西斯说,"我想买只漂亮的死火鸡。"

"我们店里只卖这一种,"肉贩说,"漂亮的死火鸡。你要多大只?"

"会有多大只?"

"大到你不敢相信。"

"说说看。"

"二十五、二十六磅?"

"那些大个子怎么卖?"

"要看重量。"

"好。那一磅多少钱?"

"四十四分。"

"四十四。算四十好了。"他停顿了一下。"你有没有大概十二磅的火鸡?"

肉贩走进白色的冷藏肉柜,出来时两手各拿一只火鸡。他先称了一只,再称另一只。

"这只十磅,这只十二磅半。"

"给我那只大的,"弗朗西斯说着,然后把五块钱钞票和铜板放在白色柜台上,肉贩则用白色蜡纸包住火鸡。

"朋友,生意怎么样?"弗朗西斯问。

"不怎么样。这世界没人有钱。"

"那些就是钱,你只是得去赚。看看我刚才给你的那五块钱,那就是我今天下午赚到的。"

"如果我出去赚钱,那谁来看店?"

"是啊,"弗朗西斯说,"我猜有些人得守株待兔,但你守株待兔的这地方很干净。"

"肮脏的肉铺会倒闭的。"

"你得把肉弄得干干净净,就这么回事。"

"没错。这对每个人来说都是个好建议。好好享用你的死火鸡吧。"

他沿着百老汇街走到布雷迪国王酒吧,然后望向北街尽头,也望向威尔丁的马厩,水闸门早已拆除,但至少他终于看到它大白天的样子了。现在这条街上多了几栋房子,但改变不大。他在公共汽车上已经匆匆看过几眼,昨晚在马厩时也是,但除了时间带来的变化,此刻他只看得见许久之前的景象;他的凝视穿越时光隧道:两个男人朝百老汇街走来,其中有一个很像二十一岁的他。这条街的坡道倾斜弧度他一清二楚。此时那个年轻人一直往上走、往上走,就这样朝着弗朗西斯所站的地方走来。

火鸡的冰冷穿透他的外套,害他的手臂和腰冷得要命。他把纸包着的火鸡换到另一只手上,来到北三街,然后朝他们的房子走去。他们会明白的,我希望他们享用这只火鸡,他想着。只要告诉他们:这儿有只火鸡,找个星期天把它烤了。

几个孩子骑着脚踏车朝他而来。华尔特街的人行道都被叶子覆盖。他的腿开始痛,脚底好像粘满胶似的。就连该死的腿也有自己的生命。他转过街角,看见前廊,经过它后往前走。然后他在车道转弯,停在车库前的侧门。他目不转睛地盯着门上那四片小小玻璃窗,盯着玻璃窗后方的白底小圆点布帘,然后看向门把,看向铝质牛奶盒。他可以从牛奶盒里偷走全部牛奶。流浪汉。凶手。小偷。但他按了门铃,听到脚步声,布帘被拉到一边,他看见一只眼睛,接着门打开了一英寸宽。

"你好啊。"他说。

"嘿?"

是她。

"带了只火鸡给你。"

"火鸡?"

"没错。足足有十二磅半重。"他单手把火鸡举高。

"我不知道你在说什么。"

"我跟比利说我会挑个星期天带火鸡来。今天不是星期天,但我还是来了。"

"是你吗，弗朗西斯？"

"可不是火星来的那些家伙哦。"

"哎哟，我的天哪。我的天哪，我的天哪。"她把门大大拉开。

"你好吗，安妮？你看起来气色不错。"

"噢，进来，快进来。"她带头走上那五阶楼梯。左侧楼梯通往地下室，他本来以为自己会先走进那里，会在自我介绍前把他们的广告传单搬一些到罗斯肯的马车上。然而现在他要去的是屋里，不是地下室。他关上身后的侧门。安妮则看着他走上五阶楼梯，走进厨房。她面对着他往后退，凝视着他。她在微笑。很好。

"比利说他去看了你，"她说，她停在厨房中间，弗朗西斯也停下来，"但我没想到你会来。我的老天爷，真叫人惊喜。我们在报纸上看过你的报道。"

"希望没让你们丢脸。"

"我们都觉得很好笑。镇上每个人都觉得好笑，登记投票二十次。"

"二十一次。"

"老天爷，弗朗西斯。老天爷，真叫人惊喜。"

"拿去。把这畜生处理一下。它快把我冻僵了。"

"你根本什么都不用带来。瞧你还带了只火鸡。一定花了你不少钱。"

"铁汉乔从前总是这么告诉我：弗朗西斯，不要两手空空地拜访别人。要用你的手肘按门铃。"

她的嘴里有假牙，美貌不再。她的头发是铁灰色，只留下几缕棕色发丝，下巴因为装了假牙而有些塌陷，但她的笑容依旧，那如假包换的笑容。她变胖了：胸部更大，臀部也更大，鞋后跟也开口了。她的长袜底下是静脉曲张的血管，双手全是红色，围裙上有污点。她曾是个美丽的孩子，但家事把她变成这模样。

她在走进独轮车酒吧时曾是那样美丽。

那是铁汉乔开在主街尽头的酒吧，光顾的都是些运河工人和伐木工人。

北区最美的孩子。人们总是那样形容美丽的女孩。

但她真的美。

她进来找铁汉乔，

而酝酿了两个月的弗朗西斯，

终于对她开口。

哈喽，他说了。

两小时后他们坐在"基比贮木场"，就在没人看得见的两堆木板中间。他们握着彼此的手，弗朗西斯说了些他发誓绝不会告诉任何人的蠢话。

然后他们接吻。

他们不只当时接吻,之后的几小时甚至几天后也吻个不停。弗朗西斯把那个吻和他与卡特里娜的初吻做了番比较,发现它们之间的差别有如猫和狗。但此刻他站在这里,看着安妮装了假牙的嘴,想起这两个吻,于是理解一个吻就和一个笑容或一只疤痕累累的手一样,都是一种生命的表现方式。有时它们来自脑子,有时来自心里,有时就只是来自胯下而已。只有来自心里的吻才会随时间逐渐淡去,最后留下些许甜味;来自脑子的吻总想在别人嘴里把事情搞清楚,事后几乎不会留下印象。要是来自胯下和脑子的吻加在一起,或许再加上一点来自心里的吻,像是他和卡特里娜的吻,这种吻会让你一辈子为之疯狂。

但他后来又在"基比贮木场"有了像令人天旋地转的初吻的吻,那个吻来自脑子来自心里来自胯下,也来自放在他发上的那双手,来自还没完全发育成熟的那对胸部,来自抱紧你的那双手臂,当然也来自时间。时间记录了这个吻可以持续多久而不让你无聊,就像你多年后吻了海伦以外几乎所有人那样无聊。那个吻也来自在你脸部四周游走并下滑到颈部的手指,来自她被你牢牢抓住的肩膀,特别是从她背后中央凸出如天使翅膀的骨头,以及那双不停张开又闭起的眼睛。那双眼睛是为了确认这吻还在进行,确认它是真切的而不只是梦境，而当你知道这是真实的，便可以安心地再次闭上眼睛。这个吻也来自舌头，我的老天爷，那舌头，你不禁要问她是从哪儿学来的技巧，因为除了卡特里娜以外没人那么棒，可是卡特里娜结了婚，有个小孩，所以她本来就该懂，但安妮，该死的，安妮，你是从哪儿学会的呢？还是你一天到晚在这堆木材上跟人乱搞（不，不，不，我知道你绝对不会，我一直知道你绝对不会）？所以像安妮这样的女人，她的吻自然而然来自身体的每个部分，而且不只如此，那吻来自弗朗西斯现在注视的嘴，那张装了新牙的嘴，那嘴有着他印象中同样的嘴唇，但他除了在回忆中再也不想亲吻（虽然这一点视情况而定）。他的目光远远越过那张嘴，进入这女人存在的本质，看见一个初始的地方，这地方唤起的不仅是数年的回忆，而是数十年以上的回忆，甚至是好几个年代、好几十亿年的回忆。因此他很肯定，不管他和哪个女人坐在哪里有了感觉，不管那发生在远古洞穴或某个沼泽边的小木屋，或者是北奥尔巴尼的木材堆上，他和她都知道彼此身上有某种东西不能继续单独存在，他们必须成双成对，他们必须发誓永远不会有第三者（一直都没有，确实如此）。他们将会对彼此忠实、真诚，属于彼此，他们必须说出其他此类人们用来摧毁脑子的屁话，但当他们这么说时，那和时间上的永恒完全无关,却和他们认定彼此为不朽的一对大有关系,没错,先生,这两个人,弗朗西斯和安妮(或者任何年纪的每一个弗朗西斯和安妮)在那同一刻知道了,他们彼此之间有着某种不能单独存在而得成双成对的东西。

那个吻的重要性就在于此。

一个半月之后弗朗西斯和安妮结婚了。

卡特里娜,我永远爱你。

然而,有些事情发生了。

"那只火鸡,"安妮说,"我来烤,你在旁边等着。"

"不,火鸡要烤很久。你们想吃的时候再吃。星期天或什么时候都行。"

"烤火鸡要不了多久。几小时就好了。你离开了那么久,现在却那么快就想跑掉?"

"我没有要跑掉。"

"很好。那就让我把火鸡放进烤箱里。等佩吉回家后我们可以削马铃薯和洋葱,丹尼可以去摘些小红莓。一只火鸡呢。想想看。还没过节就有火鸡吃。"

"丹尼是谁?"

"你不认识丹尼,当然了,你不会认识他。他是佩吉的儿子。她嫁给了乔治·昆恩,你是认识乔治的。他们生了这男孩,他十岁了。"

"十岁。"

"他念四年级,聪明极了。"

"要是杰拉德还活着,现在都已经二十二岁了。"

"没错。"

"我看见了他的坟墓。"

"你看见了?什么时候?"

"昨天。我有个白天的工作在那儿,我找到他,跟他聊了一会儿。"

"跟他聊?"

"跟杰拉德聊天。跟他说我最近怎样。跟他说了一堆事。"

"我敢说他一定很高兴。"

"大概吧。比尔呢?"

"比尔?噢,你是说比利啊。我们叫他比利。他在睡午觉。他扯上政客,惹了麻烦,所以心情低落。就是绑架案那件事。帕齐·麦考尔的侄子被绑架,也就是宾迪·麦考尔的儿子。你一定看过报道了。"

"是啊,我看过,马丁·多尔蒂也替我追踪了这篇报道,好一阵子之前。"

"马丁今天早上在报纸上提到了比利。"

"我也看到了。他报道得很详细。马丁说他父亲还活着。"

"你说的是爱德华。他还活着没错,住在主街上。不过他失去记忆了,可怜的家伙,但很健康。我们常看见他跟马丁走在一起。我去叫醒比利,告诉他你来了。"

"不,现在别叫他。再多聊聊。"

"多聊聊。好,没问题。我们到客厅去。"

"我不去,看我这身衣服。我在一辆收破烂的马车上工作,才刚做完。我会把这地方搞得脏兮兮。"

"没关系的,一点关系都没有。"

"在这里就好。看看窗外的院子。好漂亮的院子。你还养了只柯利牧羊犬。"

"院子是很漂亮。丹尼割了草,小狗在院子里到处埋骨头。它还会追隔壁的猫,就这样沿着篱笆上上下下地跑。"

"这个家变了好多。我就知道。你的弟弟和妹妹呢?"

"我想他们都很好。约翰尼完全没变,现在是民主党的委员。乔希变得很胖,头发掉了许多,所以戴了一顶长假发。还有蜜妮两年前结婚了,但后来丈夫死了,她变得很寂寞,独自住在租来的房间里。但我们都会彼此碰面。"

"比利过得不错。"

"他是个赌徒,而且赌技不太好,总是身无分文。"

"他在我们第一次见面时对我很好。那时候他有钱,所以把我从牢里保出来,还想买套新衣服给我。他后来还给了我一大沓钞票,当然我花光了。比利这家伙个性也很强。我很喜欢他。他说你从未对他或佩吉说我失手摔了杰拉德的事。"

"对,一直到几天前我才终于说了。"

"你是个独一无二的女人,安妮。独一无二的女人。"

"说出来没什么好处,反正已经过去了。不是你的错也不是我的错。不是任何人的错。"

"我不可能为了这个感谢你。道谢根本无关痛痒。这件事我甚至不知道该……"

她挥挥手阻止他往下说。

"别在意,"她说,"已经过去了。来,坐下,说说你为什么回来看我们。"

他坐在早餐台前没有靠背的长凳上往窗外望,目光越过开了两朵花的天竺葵,他望向柯利牧羊犬,也望向长在这个院子里的苹果树(但提供树荫、花朵和果实给隔壁相邻的两个院子),再望向花圃和修剪过的草坪,以及围住整个院子的白色铁丝篱笆。真好。他感到一股坦承所有过错的强烈冲动,好让自己配得上他错失的美好庭院;然而他的舌头动弹不得,就和他的双腿走在上了胶的人行道上一样。他的脑子和身体仿佛被麻醉而开始沉睡,虽有知觉但无法行动。他不可能说出所有将他带回这里的原因,因为那表示他得重新讲述一切,不只包括他的所有罪行,还有他所有短暂的、消逝的梦想。他得交代自己在这个国家里所有任意来去的行踪,还得提到自己每次回到这城市都没来看她和其他人就离开,但又根本不知道自己为什么不来。那表示他得剖析自己的暴力冲动和对司法审判的恐惧,还有他和海伦在一起的日子,他对海伦的背叛,他搞上许多他其实不想建立任何关系的女人,他的酗酒,他早晨过后的反胃,他睡在草丛里,他跟陌生人乞讨,不是因为经济萧条而是一开始想要帮助海伦,但后来只是因为这么做很容易:比工作容易。每一件事情都比回家容易。他甚至把自己贬低成社会上的蛆虫,等级低下如同马路边的蛞蝓。

但这会儿他回家了。

现在他在家里,不是吗?

他在家里了,但在早餐桌上时,他面对的问题是,他为什么回家?

"你可以说是因为比利,"弗朗西斯说,"但也不尽然。你或许也可以问问夏天的鸟儿,为何一路往南方飞去但又飞回北边的老地方。"

"一定有什么事情吸引你。"

"是比利把我从牢里弄出来,他去保释我。我以为我干了这些事之后再也不会有人邀我回家,但他邀了我,然后我发现你做的事,正确说来应该是没做的事,而我从来没见过长大的佩吉,有点想见她。我跟比利说,我想在可以替家人做点事的时候再回家,但他说回来看看就好,别管火鸡了,你会买火鸡的。而现在我回来了,火鸡也来了。"

"但是你变了,"安妮说,"是因为那个女人对不对?比利见过她吗?"

"那个女人?"

"比利说你有另一个太太。海伦,他说。"

"她不是太太。我从来没有别的太太。我只有一个太太。"

坐在对面的安妮双臂交叠放在早餐桌上,隐约露出微笑,他认定那是嘲弄的反应。不过她接着说:"我只有一个先生。我只有一个男人。"

听到这话的弗朗西斯胃揪成一团。

"那是宗教的缘故。"等到开得了口时,他说。

"不是因为宗教。"

"男人一定绕着你打转,你长得那么美。"

"他们试过。但从来没有哪个男人能接近我。我不给他们机会。除了邻居或家人,我甚至没跟任何人出去看过电影。"

"我不能再婚，"弗朗西斯说，"有些事就是不能做。但我的确跟海伦在一起。那是事实没错。分分合合了九年。她是个好人，跟小婴儿一样无助，不牵她的手过街她就会迷路。当我跌到谷底病得奄奄一息时是她照顾我。我们处得不错。她是个要命的好女人，我说。来自良好的家庭。但她过不了该死的马路。"

安妮盯着他，嘴角露出一抹微笑，眼里出现悲伤的神情。

"她现在在哪里？"

"某个地方，该死的我要是知道就好了。我猜在市中心某个地方。你找不着她的。某天她会倒在街上死掉，她总是那么到处游荡。"

"她需要你。"

"大概吧。"

"你需要什么，弗朗西斯？"

"我？嗯。需要一根鞋带。两天以来我的鞋子上只有那根细麻绳。"

"只需要鞋带吗？"

"我还站得住。还能干一天活。做得不多，我承认。此外我还有记忆，我的记忆。我记得你，安妮。那就够了。

我记得第一次跟你说话的那天,那时我们坐在基比贮木场的木材堆上。你记得吗?"

"仿佛就是今早的事。"

"很久以前了。"

"非常久。"

"老天爷,安妮,我错过了每个人、每件事。我不值得活在这世上,从来都不值得。等一等。让我把话说完。我没办法说完。我连开始都没办法。但有件事。有件事我得说。我必须说,必须说出来。我抱歉得要命,我知道这么说不痛不痒。我知道那只是一堆屁话,甚至是让我不用把事情说清楚的借口。比起我对你和孩子所做的一切,这话根本算不上什么。我不能弥补。在我离开五六个月之后我就知道了,事态只会每况愈下,只会不可收拾,永远不可能回头。我现在只是来拜访你们,就这样。只是来看看你,希望你一切都好。但我现在还有其他事得做,我什么都无法解决,只能来看看你们。我什么都不要,安妮,此言千真万确,我什么都不要,只想看看每个人。只要看看你们我就满意。只要看看院子。那院子很漂亮。狗很可爱。该死,真好。我有好多话要说,好多话要说,要解释,而这些狗屁话只是让我不把一切讲清楚的借口,但我还没准备好,你现在听我说话,但我还没准备好看着你,而且我敢说，如果你知道我要告诉你什么，你一定也会觉得自己还没准备好听我说。尽是些废话，安妮，废话。只要给我一点点时间，还有给我一个三明治，我饿得像只熊。但听好，安妮，我从未停止爱你和孩子，尤其是你，但这么说也不能赋予我什么权利，我也不想因此而得到任何东西，但我一辈子都记得这地方，这里和我在佐治亚或路易斯安那或密歇根见过的地方都不同，这些州我都跑遍了，安妮，都跑遍了，这世界上没有任何一个地方比得上坐在我对面的你，比得上你搁在桌上的手肘，还有那件沾满污点的围裙。该死，安妮，该死。基比贮木场的那一幕就好像今早才发生。你说得没错，但那也是好久以前了。我什么都不要，只要一个三明治和一杯茶。你还是喝爱尔兰早餐茶吗？"

弗朗西斯说完了，在此之后，两人的对话和随之而来的沉默都不重要了，因为那些时刻虽然让这男人更亲近这女人，两人的身体却只是更加疏离；在那些时刻，她能做的只是替他做了瑞士乳酪三明治又泡了一壶茶。然后她开始替火鸡调味：加上盐和黑胡椒，在火鸡肚子里塞进放得不够久的隔夜面包，然后抹奶油，撒些夏季香薄荷，混进洋葱和调味料，再从印着红黄两色火鸡的锡罐里加上烤火鸡调味料。她把火鸡放进盘子里，看上去像是特别订购后才当场宰杀那样，一切都装扮得非常完美。

这番东拉西扯的闲聊也让弗朗西斯有机会盯着院子瞧，他看着那只狗，发觉这院子出现了他人前来造访的功能，虽然当他看着提供此项可能性的草地时，院子里除了他的期待之外一无所有。

他盯着院子瞧，知道自己又陷入逃离的剧烈渴望中，但这一次的渴望不是向外而是向上。他觉得背上长出羽毛，并知道自己很快就能翱翔到超乎想象的地域，也知道让他回家的原因不说上一整年是解释不完的。然而此时有个场景在他内心成形：有两个国王坐在两辆有轨电车上，他们朝着一条轨道前进，当两辆有轨电车在接轨处会合时，它们没有撞上彼此，而是合并为一辆有轨电车；车里的两个国王都图谋不轨地想要推翻彼此，他们都在开车，却都没有控制住那辆摇摇晃晃的有轨电车；它难以驾驭、无法掌控，危及所有人，这时比利跳上车，抓住方向盘，国王立刻把掌控权交给了这位巫师。

当我快把肺给咳出来时，他给了我一根骆驼牌香烟，弗朗西斯心想。

比利知道男人需要什么，他真的知道。

丹尼尔·昆恩到家时，安妮正在摆设餐桌，她铺了一张白色亚麻桌巾，放上他们结婚时铁汉乔送的银刀叉，还有一些弗朗西斯不认得的瓷器。小男孩把书包扔在餐厅一角，看见弗朗西斯站在厨房门口时突然停下来。

"哈喽。"弗朗西斯对他说。

"丹尼，他是你外公，"安妮说，"他来看看我们，他会留下来吃晚饭。"丹尼尔盯着弗朗西斯的脸，缓缓伸出右手。弗朗西斯握住他的手。

"很高兴见到你。"丹尼尔说。

"彼此彼此，孩子。你身高看起来不止十岁。"

"到一月我就十一岁了。"

"你是从学校回来的吧？"

"去听讲课，宗教的。"

"噢，宗教的。我猜我刚才看到你过马路了，当时根本不晓得是你呢。你学到东西了吗？"

"我学到今天的节日。今天是诸圣节。"

"什么是诸圣节？"

"这是个神圣的节日。你必须上教堂。人们会在这天怀念那些为信仰而死，但籍籍无名的人。"

"对啊，"弗朗西斯说，"我记得那些家伙。"

"你牙齿怎么啦？"

"丹尼尔。"

"我的牙齿，"弗朗西斯说，"我跟我的牙齿——大部分牙齿——分道扬镳了，只剩下几颗牙。"

"你是费伦外公还是昆恩爷爷？"

"费伦，"安妮说，"他的名字是弗朗西斯·阿洛伊修斯·费伦。"

"弗朗西斯·阿洛伊修斯，没错，"弗朗西斯轻声笑着说，"好久没听到这名字了。"

"你是那个棒球选手，"丹尼说，"那个大联盟投手。你在华盛顿参议员队里打球。"

"以前是。现在不打了。"

"比利说是你教他怎么丢内曲球。"

"他还记得这件事呀？"

"你可以教我吗？"

"你是投手吗？"

"有时候。我会投慢速变化球。"

"会改变速度的球。这种球很难打中。你拿颗球来，我告诉你丢内曲球时该怎么拿球。"丹尼尔跑进厨房，又跑到食物储藏柜里，然后拿着球和手套出现，递给弗朗西斯。弗朗西斯的手太大，所以手套戴不下，但他塞了几根手指进去。他把球拿在右手，端详接缝，再用拇指和一根半手指抓住球。

"你的手指怎么了？"丹尼尔问。

"也跟我分道扬镳了。算是个意外吧。"

"这样投出来的内曲球会不会不一样？"

"当然会，但对我没影响。我根本不投球了。你知道我向来不是投手，但我跟许多投手聊过天。沃尔特·强森是我好兄弟。你听说过他吗？绰号大火车？"

男孩摇摇头。

"没关系。他教过我内曲球怎么投，我还没忘。把你的头两根手指放在缝线上，像这样，然后手腕一扭，像这样，如果你是右撇子——你是右撇子吗？"男孩点点头。"那么球就会快速旋转舞动，朝内侧前进，直击打者的肚脐眼，当然啦，必须假设他也是个右撇子，听懂了吗？"男孩又点点头。"诀窍是，你必须丢外曲球的相反方向，像这样。"他顺时针转动手腕。"所以你得这样。"他接着逆时针转动手腕。他让男孩两种方法都试试，然后拍拍他的背。

"就是这样投，"他说，"现在你会了。打击者会以为你在球里放了一只小动物，那会让球像飞机那样飞。"

"我们去外面试试，"丹尼尔说，"我再去拿一只手套。"

"手套，"弗朗西斯说着，转过头对安妮说，"你该不会还把我的旧手套留在屋里某个地方吧？有可能吗，安妮？"

"阁楼里有一整箱你的东西，"她说，"可能在那里。"

"在皮箱里，"丹尼尔说，"我知道。我看过手套。我去拿。"

"不可以，"安妮说，"那皮箱不是你的。"

"但我已经看过了。里面还有一双钉鞋、衣服、报纸和旧照片。"

"那些东西，"弗朗西斯对安妮说，"你还留着。"

"那皮箱不干你的事。"安妮说。

"比利跟我都看过那些照片和剪报了，"丹尼尔说，"比利发现的跟我一样多。他看了里面的好多东西。好多照片和剪报里都有他。"他指着外公。

"或许你想看看里面有什么。"安妮对弗朗西斯说。

"有可能。或许可以找到一根新鞋带。"

安妮带他走上楼梯，丹尼尔远远走在他们前面。他们听到那男孩说："起来，比利，外公来了。"等他们走到二楼时，比利已经站在房门口，身上穿着睡袍和白袜子，胡子没刮，半睡半醒。

"嘿，比利。有什么进展吗？"

"嘿，"比利说，"你真的来了。"

"嗯。"

"我本来打赌你不会来。"

"那你输了。我还带了只火鸡来，我说过的。"

"火鸡吗?"

"我们晚餐就吃那只火鸡。"安妮说。

"我今晚本来要去市中心,"比利说,"我才告诉马丁要跟他见面。"

"给他打电话,"安妮说,"他会谅解。"

"瑞德·汤姆·费兹西蒙斯和马丁都打电话给我,说百老汇街那边没事了。你知道的,我跟你说过,我跟麦考尔家那些人有点过节。"比尔对他父亲说。

"我记得。"

"我不愿意每件事都照着他们说的做,他们就放话说我是个烂人。我现在不能赌博,甚至不能在百老汇街上喝一杯。"

"我看了马丁的报道,"弗朗西斯说,"他说你是个魔术师。"

"马丁说得太夸张了。我根本没做什么。我只是跟他们提到纽瓦克,结果他们就在那里逮到一些绑匪。"

"那你还是有点贡献,"弗朗西斯说,"提到纽瓦克就很棒了。你是跟谁提起的?"

"宾迪。但我其实不知道那些家伙在纽瓦克,否则我什么也不会说的。我不会出卖任何人。"

"那你为什么要跟他提这件事?"

"我不知道。"

"所以说你是魔术师?"

"那是马丁胡说八道。是他自己在电话里这么形容的。不过换句话说,对他们而言,我终于不再臭名远播了。"

弗朗西斯闻到自己身上的味道,知道自己必须尽快洗澡。现在他和家人在一起,所以收破烂马车上的臭味和旧西装外套上的流浪汉臭味开始令人无法忍受。肮脏的肉铺会倒闭的。

"你现在不能出去,比利,"安妮说,"你父亲回家了,还要留下来吃晚餐,你不能走。我们要到阁楼去看他的东西。"

"你喜欢火鸡吗?"弗朗西斯问比利。

"我可不是随便敷衍你,但谁不喜欢火鸡呢?"比利说,他看着他父亲,"告诉你,如果你想刮胡子,就用我在浴室里的刮胡刀。"

"别告诉别人该怎么做,"安妮说,"穿好衣服下楼来。"

于是弗朗西斯和安妮走上楼梯,来到了阁楼。

弗朗西斯打开皮箱盖子,逝去岁月的气味充斥在阁楼的空气里,如同被囚禁的花朵散发出一股发腻的腐败甜味,灰尘随之扬起,窗帘也跟着飘动。这重建的过去发出了气味，让弗朗西斯迷惑。然后他往箱子里看，第一眼就让他震惊不已，因为那里有张照片，而从中向外看的正是十九岁的他。皮箱中有个匣子，里面散放了许多物品，而这张照片便躺在卷起的袜子、一小面美国国旗、一顶华盛顿参议员队的帽子、一堆剪报和其他照片中间。那是一八九九年某一天，弗朗西斯在柴德威克公园露天看台上看着现在的自己，他的脸上没有皱纹，牙齿都在，他的领子敞开，头发被午后的微风吹得凌乱。他拿起照片看个仔细，看见自己坐在一群人中间，把球从没戴手套的右手丢到戴了手套的左手。飞在空中的那颗球总是让弗朗西斯觉得这张照片有种神秘感，因为相机捕捉到的是那颗球同时被手抓住但又还在空中，于是成为一个模糊的弧形影子朝手套飞去。照相机捕捉到了两个刹那的影像，并将之合而为一：时间分开又结合，球同时出现在两个地方，造成的结果正如三位一体般难以解释。于是弗朗西斯将这张照片看作护身符，保护着那追寻不可能任务的三位一体（一只手、一只手套、一个球）：因为他一直认为，对他这个已经被毁灭的男人、对这个失败的人类而言，在这屋檐底下重新经历过去是不可能的事情。然而此刻他就在这重新建构的时间之巢中，碰触着碰触不到的物品，这件物品还不知道自己已经被毁了，就和那颗球一样，毁于它无生命的无知，还不知道它无处可去，还不知道它已经被接住。

但除了被照相机捕捉到的影像之外，这颗球其实还没被接住，照相机只是将它在空间中的状态冻结了。

而除了过程中的表象之外，弗朗西斯也还没有被毁灭。

那颗球还在飞。

弗朗西斯还在活着游戏人生。

可不是吗？

男孩注意到他的牙齿。你可以装新牙，装假牙。安妮就有假牙。

弗朗西斯从箱子里拿起匣子，露出底下的钉鞋和手套，丹尼尔立刻将两样东西一把抓住，此外里面还有两套衣服，一双黑皮鞋和一双棕色靴子，以及大约一打的衬衫和两打白领子；一叠内衣内裤，一串早已被遗忘的锁的钥匙，一条刮胡刀皮带和一个磨刀石，一个刮胡子用的马克杯（里面有块一英寸大的肥皂），一个刮胡子用的鬃刷（刷子还好好的），一个盒子里装了七个笔直的刮胡刀刀片（每个刀片上注明星期几），还有袜子、领带、吊带和一颗球，弗朗西斯把那颗球拿起来递给丹尼尔。

"看到了吗？看到那名字了吗？"

男孩看了一眼，摇摇头："看不清楚。"

"拿到光线底下看就看得到了。那名字是泰·科布。一九一一年他在这颗球上签了名，那一年他的打击率是0.420。有一次有个家伙把这颗球给了我，我一直留着。科布是个厉害的角色，屡次打出我接不到的球。我必须把这颗球送给一个打球打得跟他一样好的人。他是最厉害的选手。"

"比贝比·鲁斯更厉害？"

"比贝比·鲁斯更强、更厉害、更快。他不像贝比·鲁斯那样常常击出全垒打，但其他方面更棒。你想要这颗签名球吗？"

"我当然想啦！耶！谁不想要！"

"那这颗球就是你的了，但你最好记得拿他当榜样，还有沃尔特·强森。你得去弄清楚他们有多厉害。我听说科布还活蹦乱跳，他还没死。"

"我记得那套西装，"安妮说着，举起一件灰色人字斜纹外套的袖子，"正式场合你都穿这件。"

"不晓得我还穿不穿得下。"弗朗西斯说着，然后起身把裤头举在腰际，发现他的腿在过去二十二年之间没长多少。

"把那套西装拿下楼，"安妮说，"我用海绵沾湿后再熨一熨。"

"熨一熨？"弗朗西斯呵呵笑了一阵，"我想我用得上一套新衣服。这身破烂该扔了。"

于是他挑了从头到脚一整身的衣服，包括手帕在内，然后把衣服堆在皮箱前面的地板上。

"我想再看看这些东西。"安妮说着，拿起剪报和照片。

"把东西拿下楼。"弗朗西斯说着，盖上皮箱盖。

"我拿棒球手套。"丹尼尔说。

"我想借用你的浴室，"弗朗西斯说，"我要接受比利那个刮胡子的提议，还有试穿这些衣服。我昨天晚上刮过胡子，但比利认为我该再刮一次。"

"别管比利说了什么，"安妮说，"你看起来很好。"

她带他下楼，经过一条走廊，来到两个面对面的房间。她指着一间卧房，里面有张单人床、一个衣柜和一张小孩用的可掀式书桌，就这样静静地立在那里。

"那是丹尼的房间，"她说，"是个漂亮的大房间，早晨照得到阳光。"她从毛巾柜的架子上拿了一条毛巾，递给弗朗西斯，"想洗澡就去洗吧。"

弗朗西斯锁上浴室的门，试穿了长裤，发现如果不扣最上面的扣子就穿得下。接着他配上吊带。外套已经是二十年前的款式，由于心中还残存着社会适应的习惯，弗朗西斯隐隐感到违和，但还是决定穿上它，因为光阴的气味绝对胜过他那件流浪汉臭味挥之不去的外套。他脱光衣服放洗澡水。他检查从皮箱里拿出来的衬衫，但不想穿，因为他比较喜欢那件收破烂马车里的纯白衬衫。他试穿了那双没有鞋带的破烂黑皮鞋，发现他的脚即便长了茧，二十二年来也没有变大。

他跨进浴缸，缓缓滑进蒸汽底下。他因为水的热度而颤抖，也因为真的置身于此而感到惊讶，他舒服地躺在热气蒸腾的浴缸里，就好像火鸡躺在烤盘里。他觉得受到祝福。他盯着浴室的洗脸池，此刻它带有一种圣洁的氛围，不但水龙头很神圣，连排水管也很神圣。他思忖是否每件事物都于存在的某个时刻受到祝福，而他的答案是肯定的。汗水从他的前额淌下来，经过鼻子滴进浴缸，于是古老和现代的水汇聚在一起。就在此刻，云间的一道光束穿透逐渐变暗的天空，这道光束出现得如此突然，看来仿佛闪电；然而它的亮光持续，仿佛某个透明澄澈的天使盘旋在浴室窗户外。这道光束是如此持久、如此强烈，比日落的灿烂余光还耀眼，引得弗朗西斯不由得从浴缸起身走到窗边。

在下方的院子里，阿尔多·坎皮奥内、费德勒·昆恩、哈罗德·艾伦和罗狄·迪克·杜蓝正在架设一个木质的构造，弗朗西斯认出那是个露天看台。

他又跨进浴缸，把长柄刷子浸泡在肥皂水里，从水中伸出左脚，把它刷干净，举起右脚，也刷一刷。

弗朗西斯，那个在一九一六年曾仪表堂堂的弗朗西斯，他现在打着领带，穿着纯白衬衫，没有鞋带的黑皮鞋用口水擦得亮晶晶；他穿着那件因为过了二十二年而太窄的翻领人字斜纹灰外套，还穿了黑色丝质袜子和白色丝质平角内裤。他全身上下的皮肤没有任何污垢，头发洗了两次，指甲干干净净，还刷了剩下的几颗牙齿，再把牙刷用肥皂洗过擦干后挂回去。他的脸上已经没有胡子，一根都没有，头发也梳得整整齐齐，轻轻抹上了少许凡士林定形。然后弗朗西斯步伐轻快、面带微笑，穿着讲究地从楼梯上走下来，没错，他那改头换面的体面外表和时髦潜力让家人大吃一惊，而他把他们凝视的目光当作掌声。

他脑海里扬起跳舞的音乐。

"老天爷。"比利说。

"哎哟。"安妮说。

"你看起来不一样。"丹尼尔说。

"我需要把自己打扮得光鲜亮丽，"弗朗西斯说，"滑稽的衣服，但我想穿起来还可以。"

接着他们全都收敛了些，连丹尼尔都是，因为他们发现不该一直注意弗朗西斯的转变，那会显得他之前的外表异常不堪。

"我得把这些破衣服丢掉。"他举起那一堆用旧外套袖子捆起来的衣服。

"丹尼会把那些衣服拿走。"安妮说,"把衣服放在地下室。"她告诉那男孩。

弗朗西斯坐在早餐桌前的板凳上,面对着比利。安妮把剪报和照片摊开在桌上,于是他和比利把这些东西都看了一遍。弗朗西斯在剪报里找到一个黄信封,邮戳日期是一九一〇年六月二号,收件人是弗朗西斯·费伦先生,由多伦多棒球俱乐部转交,安大略省多伦多市,帕尔玛宿舍。他打开信封读了里面的信,然后把信封放进口袋。丹尼尔和安妮在水槽前削马铃薯,准备晚餐。比利也打扮得挺体面,他的头发梳得滑溜溜,穿了一件领口敞开的白衬衫、一条有折痕的长裤,还有黑色尖头鞋。他正在一边喝一瓶一夸脱装的多布勒啤酒,一边看着某篇剪报。

"这些剪报我看过一次,"比利说,"但我不知道你球打得那么好。我听过一些故事,然后有一天,我在城里听到一个家伙在讲你,他对你赞不绝口,说你是一流的选手,但我从不知道你到底多优秀。我知道有这些东西在。我们刚搬来这里时我看到过,所以就上楼去找。你这棒球选手真是帅呆了。"

"不太糟，"弗朗西斯说，"本来会更糟。"

"这些体育记者喜欢你。"

"我干了些疯狂事。我是很好的题材。而且我很有活力。大家都喜欢有活力的人。"

比利给了弗朗西斯一杯啤酒，弗朗西斯没喝，但从比利的烟盒里拿了一根骆驼牌香烟；然后他翻看剪报，报上叙述他的接杀抢尽风头，或说他有四击全中的精彩表现还击出制胜的一分，又或者说他让自己惹上麻烦：例如那一天，他为了把跑者困在三垒而拉住跑者的皮带，那是老约翰·麦克格罗的把戏；等到打击者击中一个高飞球时，跑者准备跑垒，然后在球被接住之际朝向本垒跑，却发现自己动弹不得，因此转身向弗朗西斯吼叫抗议；此时弗朗西斯放开对方皮带，跑者终于跑出去，但球已经先被传到本垒，跑者在本垒被刺杀。

漂亮。

但弗朗西斯被逐出比赛。

"你要不要出去看看院子？"安妮说着，突然间出现在弗朗西斯身边。

"当然好。去看看那条狗。"

"可惜花都谢了。我们今年开了好多花。有天竺牡丹、金鱼藻、三色堇和紫苑草。紫苑草开得最久。"

"你还在那里种天竺葵?"

安妮点点头,穿上毛衣,两人走到外面的后阳台上。空气冰冷,天色渐暗。她关上身后的门,拍拍狗,那条狗对弗朗西斯叫了两声,然后接受了他。安妮走下五个台阶来到院子,弗朗西斯和狗跟在后面。

"你今晚有地方过夜吗,弗朗西斯?"

"当然。我一直有地方过夜。"

"你想回家长住吗?"安妮问,但没看他,只在他身前几步面朝篱笆走去,"这是你回来看我们的原因吗?"

"不是。不太可能。我不可能住得惯。"

"我以为你心里多少有这想法。"

"我确实想过,我承认。但我知道行不通。都已经过了这么多年。"

"得费一番功夫,我知道。"

"不只是那样。"

"反正更怪的事都发生过了。"

"是吗?举个例子来听听。"

"比如,你到墓园去跟杰拉德说话。那或许是我这辈子听过的最怪的事。"

"没那么怪。我只是站在那里跟他讲了一堆话。他那里环境不错。很美。"

"那是家族墓地。"

"我知道。"

"那里有一座你的墓,就在石头边,还有一座是我的,隔壁是两个孩子的,如果他们需要的话。我想佩吉将来会有自己的墓,跟乔治和他们的儿子在一起。"

"你什么时候准备了这些墓地?"弗朗西斯问。

"噢,好多年前。我记不得了。"

"我跑掉之后你还买了个墓给我。"

"我买了全家人的。你是我们家的一分子。"

"我已经好久没这么想了。"

"佩吉恨你离家出走,我以前也恨,年复一年地恨,但现在我已经释怀了。我不知道为什么,但我真的不恨了。我已经打电话给佩吉,叫她带蔓越莓来,我跟她说你来了。"

"蔓越莓呀,多少能缓和我所带来的震惊吧。"

"大概吧。"

"那么我还是走吧。我不想争吵,把家里搞得乌烟瘴气。"

"没这回事。别说了。你跟她谈谈就是。你必须跟她说说话。"

"我说不出任何有意义的话。我连跟你都没法好好说话。"

"我了解你说的一切,你没说的一切我也了解。我知道你做的事并不容易。"

"那根本不算什么。我这该死的一辈子做了很多事,但每件事都不知道为什么要做。"

"你回家就是做了一件好事。丹尼会一直记住,比利也是。他很高兴能帮上你的忙,虽然他从没这么说过。"

"他只是把一个流浪汉从牢里弄出来。"

"你对自己太苛刻了,弗朗西斯。"

"去他的,我对每个人和每件事都很苛刻。"

就在安妮的后院里,在上帝、狗和一切的一切前面,露天看台终于架好了,于是男人们默默排成纵队走上去坐定:比尔·科尔宾,他在九十年代的县治安官竞选中落败,后来变成了民主党党员;还有派瑞·马索雷斯,他从他母亲那里继承了一笔财产,然后拿去喝酒,最后沦落街头,替市政府扫落叶;还有留着大胡子,挺着大肚腩,又别着大颗红宝石别针的铁汉乔;还有戴着帅气软呢帽的斯皮夫·德怀尔;还有年轻的乔治·昆恩和年轻的马丁·多尔蒂;还有两个在棒球场的打杂小弟;还有马丁的祖父埃米特·多尔蒂,芬尼亚兄弟会[1]的成员,他慷慨激昂、口才

---

[1] 十九世纪中叶成立的爱尔兰民族主义团体,致力于推翻英国人对爱尔兰的统治。

一流，讲了很多有钱人如何利用工人致富，把爱尔兰人当作猪狗不如的下等人的故事，这些故事让弗朗西斯的双眼充满激进的观点；还有长大后成为市长的帕齐·麦考尔，他左手拿着棒球手套；另外还有些人，但就连一八八九年的弗朗西斯也不认识，因为他们只是在酒吧里拍马屁的人，只要铁汉乔的"独轮车男孩酒吧"有活动都会来，例如，当天他们就是前来参加啤酒野餐的，目的是庆祝独轮车男孩赢得"奥尔巴尼-特洛伊联盟"的冠军奖旗。

一直有人不断拥入：四十三个男人，四个男孩，还有两条由费德勒和朋友们带来的杂种狗。

就在那里，就在头戴圆顶窄边礼帽的史派奇·麦克马纳斯和穿着无领背心的杰克·科比特中间，那个小矮子坐在那里，没错吧？

现在还坐在那里吗？

就是那个脖子被他咬掉一块的小矮子。

大概每群人当中都会有一个吧。

弗朗西斯闭上眼，希望把这幅景象从脑子里抛出来，然而睁眼时却发现露天看台还在，看台上的人也跟之前一样好端端坐着，只是光线变得比之前更亮。不过随着这光线，弗朗西斯心中萌生了对这幻象与虚构鬼魂的恨意。我受够你们这些人了，他心想，我受够想象你们后来的样子，想象自己如果还跟你们在一起的样子。我受够了你们的悲情史，你们感性的虔诚言语，还有你们一点也没变的可憎面貌。我宁愿死在草丛中也不想站在这里目睹你们被宣判死刑，这简直像是垂死的耶稣被钉十字架而死，但死时竟还知道每一件即将发生的倒霉事——不只自己，还包括周遭所有人，甚至那些根本还没出生的人。该死的鬼魂，你们只不过是一张照片呀。你们不是真的，我再也不要听你们使唤。

你们全都死了，如果没死，那你们应该去死。

我才是活着的那个人。是我让你们出名的。

对于事情后来的发展，你们永远不会知道得比我清楚。

要是我没有打开那个旧行李箱，你们根本不会在这个该死的后院里。

所以滚蛋吧！

"嘿，妈，"比利从窗口朝外大喊，"佩吉回家了。"

"我们马上进去。"安妮说。等比利关上窗户，她转身对弗朗西斯说："在我们回去找他们之前，你有任何事想告诉我吗？有什么想问我吗？"

"安妮，我有五百万件事想问你，还有一千万件事想告诉你。只要你吩咐，我可以为了你吃掉这院子里所有尘土，吃掉杂草，甚至吃掉狗骨头。"

"这些东西你大概都吃过，我猜。"她说。

然后他们俩一起走回后阳台。

弗朗西斯看见女儿的第一眼时，她正穿着花朵图案的围裙弯身在烤箱前替火鸡浇肉汁，然后他心想：她这身装扮也太正式了。她一只手腕上戴着腕表，另一只手腕上戴着手镯，无名指上戴着两枚结婚戒指。她脚上穿着高跟鞋，丝袜却穿反了，所以接缝露在外面，身上穿了一条没有人会穿到厨房做事的浅紫色连衣裙。她深棕色的头发剪短了，烫成柔软的波浪，脸上还抹了口红和腮红，长指甲则涂成暗红色。她胖了几磅，或许不止几磅，但整个人很美。想到自己能够做她的父亲，弗朗西斯心里有说不出的欢喜。

"你好吗，玛格丽特？"当她起身盯着他看时，弗朗西斯问她。

"我好得很，"她说，"完全不是托你的福。"

"是啊。"弗朗西斯说，然后别过头，走去坐在比利对面的早餐桌前。

"饶了他吧，"比利说，"看在老天的分上，他才刚来。"

"他有没有饶过我？或饶过你？或饶过我们任何一个人？"

"啊——闭上你的鸟嘴。"比利说。

"我说的是事实。"佩吉说。

"真的吗？"安妮问，"你确定这是事实？"

"当然。我可不会当个伪君子，不会在他做了那些事之后还张开双臂欢迎他。你以为带只火鸡冒出来就能将一切一笔勾销？"

"我不期望你们的原谅，"弗朗西斯说，"我早就过了那个阶段。"

"噢，那现在的你到了哪个阶段？"

"哪里都算不上。"

"很好，这一点千真万确。既然你哪里都到不了，那来这里干吗？你这个多年前就被我们埋葬的鬼魂干吗跑回来硬塞一只干巴巴的火鸡给我们？你丢下我们，二十二年来我们只能想办法养活自己，而这就是你所谓的补偿？"

"那是一只十二磅半的火鸡。"安妮说。

"我想知道的是，你干吗离开你那哪儿都不是的地方来这里呢？这里可是个地方，是你没有打造出的家。"

"但我打造了你。打造了比利。我帮过忙。"

"但愿你没有。"

"闭嘴，佩吉，"比利吼着，"你的舌头真够恶毒，闭上你该死的嘴巴！"

"他来看我们，只是这样，"安妮轻声说，"我问过他要不要留下来,但他不要。不过如果他想要,他当然可以留下来。"

"哦?"佩吉说,"所以你们全都讲好了?"

"我们没讲好什么。"弗朗西斯说,"像你妈说的一样,我没有要留下来。我要离开。"他摸一摸放在面前桌上的盐罐和胡椒罐,把糖罐推到墙边。

"你要离开?"佩吉说。

"一点也没错。"

"很好。"

"好了,够了!"比利大吼着,从长椅上站起来,"你的心地跟该死的响尾蛇一样恶毒!"

"请原谅我还有感觉。"佩吉说完离开了厨房,砰的一声摔上打开的旋转门,她摔得太用力,以至于门在静止之前一直摇晃、摇晃再摇晃。

"真是个好强的小姐。"弗朗西斯说。

"她其实很脆弱,"比利说,"但总是装出一副凶巴巴的样子。"

"她会冷静下来的。"安妮说。

"我很习惯别人对我大吼了,"弗朗西斯说,"我的脸皮像犀牛一样厚。"

"在这地方你脸皮得厚一点。"

"那个小男孩去哪儿了？"弗朗西斯问，"他全都听见了吗？"

"他在外面玩球，用你给他的手套。"比利说。

"我没给他手套，"弗朗西斯说，"我给他泰·科布签名的那颗球。手套是你的。要是你想给他，我没意见。比起最近做的手套，它根本算不上什么。丹尼的手套比我的品质好两倍，但我总是这么想：要是我把旧手套给比利，他就能在这屋里跟大联盟沾上点边。那手套可是接过几个大人物的球。那手套曾接杀了特里斯·斯皮克的直球，刺杀过科布，还把艾迪·柯林斯赶出基准线。这种例子一大堆。"

比利点点头，别过脸去不看弗朗西斯。"好。"他说，然后猛地从长凳上起身离开厨房，希望不让弗朗西斯看见他（虽然他看见了）的哽咽。

"很懂事，这比利，"弗朗西斯说，"你养出两个很坚强的孩子，安妮。"

"我希望他们更坚强。"安妮说。

在黑色的夜空下，院子里闪烁的亮光吸引了弗朗西斯的注意。在那里，男人和男孩都拿着点燃的蜡烛，狗则用嘴巴斜咬着蜡烛。史派奇·麦克马纳斯跟往常一样与众不同，把蜡烛插在他的圆顶窄边礼帽上。庭院里，侍祭们在空中点起火，接着，就在弗朗西斯凝视的同时，侍祭们突然唱起歌来，但那是一首无意义的歌，无论弗朗西斯如何聆听都听不懂。他们唱的歌词几乎不存在音节概念，像是鹟鹩最轻柔的鸣啭，或是树蛙喉头发出的气音。看着这场表演（他心怀敬畏地看着，因为这表演超越了他对梦境、对幻想，甚至是对酒精幻觉的期待），弗朗西斯心里很清楚，这表演发生在他的存有之内，比起阿尔多·坎皮奥内走上公共汽车的幻觉，这场面更加脱离了他的掌控。这个时间的定格片段散发出不祥的气氛，所有鬼魂都没有半点幽默感。终于，当他看见那个小矮子（对方知道有人看他，也知道他不属于这幅景象）把烛火放进脖子上的洞里，当他终于听出侍祭吟唱的是《最后审判日赞美诗》时，他害怕了起来。他闭上眼睛，把脸埋在手掌中，试着回想自己养的第一只狗的名字。

那是一只柯利牧羊犬。

比利的泪水干了，回来坐在弗朗西斯对面，又给了他一根烟，他接受了。比利把自己的啤酒杯倒满，然后说："还有乔治。"

"噢，我的老天，"安妮说，"我们把乔治忘得一干二净。"她走到客厅朝楼上对着佩吉喊："你应该打电话给乔治，跟他说可以来家里。"

"别理她，我来打。"比利对他母亲喊。

"乔治怎么了？"弗朗西斯问。

"有一天晚上警察来这里找他，"比利说，"因为我的关系，帕齐·麦考尔对家里的人施压。乔治写过几个数字，他们或许会指控他签赌，但他是清白的。所以他暂时躲在特洛伊市，那可怜的家伙连续几天都一个人待在那里。但我是清白的，他也是。"

"麦考尔家族在这城里很有势力。"

"他们控制一切。他们有没有把你登记选举的钱付给你？"

"付了我跟你说的那五十块，另外还欠我五十五块。我还没看到那笔钱。"

"你会收到钱的。"

"一旦上了报，他们就不敢动你的钱。竟然敢惹流浪汉。你听说过马丁告诉我的那件事吧。他们也曾经怀疑我陷害他们。我绝不会陷害任何人，绝不。"

"那你身上没钱了？"

"还有一点。"

"多少？"

"有几个零钱。买烟的钱。"

"你把钱通通拿去买火鸡了。"

"买火鸡是花了点钱。"

比利给了他一张对折起来的十元钞票："放进口袋。你身上不能连半毛钱都没有。"

弗朗西斯拿了钱，哼了一声："我过去二十二年来身上都没钱。但谢啦，比利。我会补偿你。"

"你已经补偿我了。"然后他走到餐厅的电话前，拨了电话给特洛伊市的乔治。

安妮回到厨房，看见弗朗西斯望着那张柴德威克公园的照片，于是越过他肩膀一起看。"你这张照片很英俊。"她说。

"是啊，"弗朗西斯说，"我是个很帅的坏蛋。"

"有些人这么认为，有些人并不。"安妮说，"我都忘了有这张照片。"

"应该拿去镶框，"弗朗西斯说，"这上面有许多北奥尔巴尼人。乔治和马丁还是小孩，帕齐·麦考尔也是。还有铁汉乔。这张照片把乔照得真好。"

"没错，"安妮说，"他看起来真胖，真健康。"

比利回来了，安妮把照片放在桌上，让他们三个人都看得到。然后他们坐在同一条长凳上，弗朗西斯在中间，一起仔细研究那张照片，还分别指出他们认识的男人和男孩。安妮甚至认得其中一条狗。

"噢，这张照片好珍贵，"她说着站了起来，"珍贵的照片。"

"嗯，它是你的，镶起来吧。"

"我的？它是你的。毕竟这是打棒球的照片。"

"不，不，乔治也会喜欢这张照片。"

"那么我把它镶起来，"安妮说，"我会拿到城里去处理。"

"没问题，"弗朗西斯说，"拿去。这里有十块钱可以用来镶框。"

"嘿！"比利说。

"不行，"弗朗西斯说，"让我出钱，比利。"

比利哈哈笑了两声。

"我不会拿你一毛钱，"安妮说，"把钱放回口袋里。"

比利笑着用手掌拍桌子："现在我知道你为什么二十二年来身无分文了，也知道我们为什么全都身无分文。这是家族传统。"

"我们才不是身无分文，"安妮说，"我们有办法应付生活。别和外人这样说我们。你身无分文是因为你去赌那些疯狂的赛马。但我们不是身无分文。我们的日子曾经不好过，但我们付得起房租，也从来没有挨饿过。"

"佩吉有工作。"弗朗西斯说。

"她是私人秘书。"安妮说,"雇她的是一位器械公司的老板。他们很赏识她。"

"她长得很漂亮,"弗朗西斯说,"她认真起来不好惹,但长得很漂亮。"

"她该去当模特儿。"比利说。

"她才不该去。"安妮说。

"哎呀!她应该去,该死,她应该去的。"比利说。

"他们要她当白速得牙膏的模特儿,但妈听不进去。你知道,在教堂里有人告诉她,说模特儿是——你知道的嘛——不检点的女人。只要被照了照片,就成了妓女。"

"跟那没关系。"安妮说。

"她的牙齿,"比利说,"她长了一口北美最漂亮的牙齿。比琼·克劳馥的牙齿还漂亮。多迷人的笑容!你还没看过她笑,但她的笑容好灿烂,就像时代广场上的广告牌。她应该出现在全国的广告牌上,这样我们就会有用不完的牙膏,还有用不完的钱,可是我们没有。"然后他跷起拇指指着他母亲。

"她有工作,"安妮说,"她不需要当模特儿。我一直不喜欢想签她当模特儿的那个人。"

"他没问题的,"比利说,"我调查过他。他是合法的。"

"你怎么知道?"

"我什么都知道不行吗?我就是个天杀的天才。"

"嘴巴放干净点,天才。她可能会去纽约发展。"

"然后就永远不会回来了,是吧?"

"可能会回来,也可能不会。"

"现在你懂了吧,"比利对他父亲说,"妈妈想把每一只小鸟都留在巢里。"

"我不怪她。"弗朗西斯说。

"最好是。"比利说。

"我一直不喜欢那家伙,"安妮说,"真正的原因就是这样。我不信任他。"

没有人开口。

"而且她每个礼拜都拿薪水回家,"安妮说,"器械公司关闭了一阵子,但老板还是让她在一个商店当收银员,还有一间室内高尔夫。大得不得了的地方。有一次他们差点把鲁迪·瓦莱[1]给带去了。佩吉的经验很丰富。"

没有人开口。

"要烟吗?"比利问弗朗西斯。

"好啊。"弗朗西斯说。

安妮站起来,走到食物间的冰箱前面,拿了一盘奶油回来放在餐桌上。这时佩吉从旋转门走进一片沉寂的餐厅。

---

1 活跃于二十世纪二十至四十年代的美国流行歌手。

她用叉子戳一戳马铃薯,看了一眼渐渐变成深棕色的火鸡,没在火鸡上浇肉汁就把烤箱门关上。接着她仔细翻找放了刀叉用具的抽屉,找出一个开罐器,在豆子罐头上戳了洞,把豆子放进锅里煮沸。

"火鸡闻起来真香。"弗朗西斯对她说。

"嗯,我买了一个李子布丁,"她对所有人说,然后给他们看那个罐头。她看着她父亲:"妈妈说你以前很爱在假日吃这个。"

"是没错。配上那个白色的糖霜酱,甜死人。"

"糖霜酱的食谱在标签上,"安妮说,"拿给我,我来做。"

"我来做。"佩吉说。

"你还记得我爱吃那个,真好。"弗朗西斯说。

"一点都不麻烦,"佩吉说,"布丁是熟的。只要把罐头拿去加热就行了。"

弗朗西斯仔细端详她,发现怨恨已经从她眼里消失。这小姐的心情简直像温度计一样起起落落。她看见他在观察她,于是微微一笑,不是那种广告牌上的微笑,不是想让每个人满嘴牙膏的那种微笑,但她笑了。管他的,她有权这么做。起起落落,起起落落。她个性就是如此。

"在烤那玩意儿的时候,我这里有封信,你们大家或许想听听。"他说，然后从外套口袋拿出一个黄信封，上面有张盖了戳的两分钱邮票。信的背面是他亲笔写的字：玛格丽特的第一封来信。

"几年前我拿到这封信，好几年前了。"他说，然后从信封里拿出三张折成三折的黄色横线信纸。"我是一九一〇年在加拿大收到的这封信，那时我在多伦多。"他打开信纸，手臂尽量伸长，把信纸移到光线最好的地方念了起来：

"'亲爱的爸爸，我猜你从来没想过你有个自从你走后就一直在等你来信的女儿。我好气你没有想我，所以打算加入上星期五来这里表演的马戏团。我在写功课，有一道数学练习题我算不出来。不知道你算不算得出来。我希望你的脚好些了，也希望你在球队一切顺利。不要跑太多，不然得被扛着才能回家。妈妈和比利都好。妈妈有十四只刚出生的小鸡，还有两只母鸡在孵蛋。八号有个蛮荒西部马戏团要来。你回家来看好吗？我要去看。比利要上床了，妈妈坐在床边看我。

"不要忘记回这封信。我猜你过得很好。别让我发现你跟别的女生在一起，否则我会拽她的头发。佩吉敬上。'"

"真好笑，"佩吉说，她手上还拿着叉子，"我不记得写过这封信。"

"那时候的事你或许都不记得了。"弗朗西斯说，"你大概只有十一岁。"

"你究竟在哪儿找到的?"

"楼上的皮箱里。我多年来一直保存在那里。那是我留下来的唯一一封信。"

"真的吗?"

"千真万确。我这辈子拥有的所有文件都在那个皮箱里,另外还有个地方有些剪报,但都没有信。我说啊,这真是一封历史悠久的信。"

"我也这么觉得,"安妮说。她和比利都注视着佩吉。

"我还记得一九一〇年在多伦多的事,"弗朗西斯说,"当时球赛里净是些恶棍。有个恶劣的裁判叫贝兹,某天晚上很晚了还不肯停止比赛。大家对着他丢番茄和泥巴球,但他还是不肯喊停,因为我们的队伍赢球,而他支持另一队。当天晚上的捕手是屠夫豪尔,于是我、他和投手老高个儿威尔森在投手板上进行三方对谈。屠夫回来,蹲在投手板后面,高个儿投出一个发亮的东西,裁判说那是一颗球,不过大家什么都看不到,因为太黑了。屠夫转身对他说:'你说他投出一颗球?''我是这么说的。'裁判说。'如果那是一颗球,我就把它吃了。'屠夫说。'那你最好快吃。'裁判说。于是屠夫把球拿起来咬了一大口,那根本不是球,是我拿给高个儿去丢的黄苹果。当然啦,我们因此赢了球，那裁判也得了'瞎眼贝兹'的称号，因为他根本分不出棒球和苹果之间的差别。在那之后贝兹跑去当赌马的庄家。不过他庄家也当得很烂。"

"真有意思的故事，"比利说，"以前有许多好玩的事。"

"好玩的事每时每刻都在发生。"弗朗西斯说。

佩吉突然泪流满面。她把叉子放在水槽里，来到父亲身旁，他的双手交叠在桌上。她坐在他旁边，把右手放在他交叠的手上。

过了一会儿，乔治·昆恩从特洛伊市回来了，安妮把火鸡端上桌，然后费伦全家人一起坐下来吃晚餐。

7

"我看起来像个流浪汉,是吧?"鲁迪说。

"你本来就是个流浪汉,"弗朗西斯说,"但如果有心,你会是个不错的流浪汉。"

"你知道为什么别人叫你流浪汉吗?"

"我不知道。"

"因为这样说能让他们感觉良好。"

"真相伤不了你,"弗朗西斯说,"如果你是个流浪汉,你就是个流浪汉。"

"但还是伤害了很多流浪汉。老流浪汉都所剩无几了。"

"总会有新的流浪汉出现。"弗朗西斯说。

"有许多好人死了。好的技工,好的机械师,好的伐木工。"

"还是有人没死呀,"弗朗西斯说,"你跟我,我们没死。"

"他们说没有上帝,"鲁迪说,"但是一定有上帝。上帝保护流浪汉,让他们从雪里站起来喝杯酒。看看你,一身新衣服。可是看看我。我只是个流浪汉。一点也不好的流浪汉。"

"没那么糟,"弗朗西斯说,"你是个流浪汉,但没那么糟。"

他们沿着南珍珠街朝帕伦波旅馆走去。现在是十点半,是个没有云的夜晚,满天星斗但非常寒冷:这是冬天来临的前兆。弗朗西斯在十点之前就离开了家人,然后坐公共汽车到市中心。他赶在教会锁上门前过去,找到独自在厨房喝着剩咖啡的皮威。皮威说他一整天都没看见海伦,也没听到她的消息。

"可是鲁迪在找你,"皮威告诉弗朗西斯,"他要不就在火车站那里暖身子,要不就在百老汇街上的某栋旧房子里。他说你知道是哪栋房子。可是你听着,弗朗西斯,就我所知,警察差不多每晚都去突击那些旧房子。有许多常在这里吃饭的人都已经不在了,我认为他们都进牢里了。他们一定是要重新油漆那里,需要额外的人手帮忙。"

"我不懂他们为什么要那么做,"弗朗西斯说,"流浪汉又没有伤害任何人。"

"或许警察就只是不再喜欢流浪汉了。"

弗朗西斯先去察看那栋旧房子，因为它离教会比较近。他走进没门的入口，来到潮湿又黑漆漆的楼梯井。等到眼睛适应黑暗之后，他小心翼翼地爬上楼梯，跨过一堆皱巴巴的报纸、掉落的灰泥和一个蜷缩在楼梯转角平台的黑人。他踩过破碎的玻璃、空酒瓶、汽水瓶、纸箱和人类排泄物。街灯照亮窗台上石笋般的鸽子粪便。弗朗西斯看见第二个睡觉的男人蜷缩在某个破洞旁，上星期他才听说有个叫密歇根麦克的家伙掉进那洞里。弗朗西斯侧身走过男人和洞，然后发现鲁迪独自在一个房间里，躺在远离破窗户的厚纸板上，肩膀上盖着充当毯子的报纸。

"喂，流浪汉，"弗朗西斯说，"你找我？"

鲁迪眨眨眼，从纸板上抬起头。

"说什么鬼话？"鲁迪说，"你以为你什么东西，政府派来的特务吗？"

"把屁股从地板上抬起来，你这眼花的德国佬。"

"哎，是你吗，弗朗西斯？"

"不是，我是水牛比尔[1]。我来这里找印第安人。"

---

[1] "水牛比尔"本名为威廉·弗雷德里克·科迪（William Frederick Cody, 1846—1917），十九世纪美国军人，他在欧美各地巡演以蛮荒西部为主题的节目，创造了美国西部神话。

鲁迪坐起来,把身上的报纸丢开。

"皮威说你在找我。"弗朗西斯说。

"我没地方落脚,没钱,没酒,没人做伴。我有一壶酒,可是喝光了。"鲁迪倒回纸板上,因为自己的惨况突然流下泪来。"我会自杀,我有这倾向,"他说,"我快完蛋了。"

"嘿,"弗朗西斯说,"起来。你还没聪明到可以自杀。你得战斗。你得坚强。我连海伦都找不到。你在哪里见过海伦吗?想想看,这种夜晚,那女人竟然还在某处流浪。老天爷,我真替她难过。"

"在没有风的地方吧。"鲁迪说。

"是啊。没风。我们走。"

"去哪里?"

"离开这里。你留在这里的话今晚就会去坐牢。皮威说他们要扫荡所有阴暗的角落。"

"那就去坐牢,至少那里很暖和。去坐六个月的牢,出来刚好赶上春暖花开。"

"弗朗西斯可不坐牢。弗朗西斯是自由之身,而且要永远保持自由之身。"

他们走下楼梯回到麦迪逊大道。弗朗西斯断定海伦一定在哪里弄到了钱,否则她会来找他。或许她打了电话给哥哥,拿到一大笔钱。或许她身上的钱比她说的要多。狡猾的女士。有了现金,她迟早会为了那个行李箱跑到帕伦波旅馆去。

"我们要去哪里?"

"去哪里有什么差别?散散步可以帮助你血液循环。"

"你从哪里拿到这些衣服的?"

"找到的。"

"找到的?在哪里找到的?"

"在一棵树上。"

"一棵树上?"

"是啊。一棵树上。树上什么都有。西装、鞋子,还有领带。"

"你从来没跟我说过一句实话。"

"见鬼,我说的都是实话。"弗朗西斯说,"你所有想得起来的该死的鬼话都是真的。"

他们在帕伦波旅馆遇见准备下班的老多诺文,他正要让位子给夜班职员。时间接近十一点,他把桌子收拾干净。是的,他告诉弗朗西斯,海伦在这里。今早接近中午时住进来的。是啊,她当然很好。一副得意扬扬的样子。看起来跟往常一样地走上了楼梯。要了你们每次都住的那个房间。

"好吧,"弗朗西斯说,拿出比尔给他的十块钱钞票。

"有零钱换吗?"多诺文换了钱,然后弗朗西斯递给他两块钱。

"早上你把这些钱给她,"他说,"提醒她弄点东西来吃。如果我听说她没拿到钱,我会回来把你的牙齿全拔掉。"

"她会拿到钱的,"多诺文说,"我喜欢海伦。"

"现在就去看看她,"弗朗西斯说,"别跟她说我在这里。只要看看她好不好,需要什么。别说是我叫你去之类的。只要去看看她就好。"

因此多诺文在十一点敲了海伦的房门,发现她什么都不需要,于是就这么回来告诉弗朗西斯。

"明天早上你告诉她,说我白天会在附近,"弗朗西斯说,"如果她没看到我,但想找我,你叫她留话给我,告诉我她在哪里。留话给教会的皮威。你知道皮威吗?"

"我知道那间教会。"多诺文说。

"她领了行李箱吗?"弗朗西斯问。

"领了,付了两块钱租房间。"

"她从家里拿到了钱,很好,"弗朗西斯说,"不过你还是得把那两块钱给她。"

然后弗朗西斯和鲁迪沿着珍珠街往北走,弗朗西斯脚步轻快。他在橱窗里看到三个穿着正式的假人跟他打招呼。他对他们挥挥手。

"现在去哪儿?"鲁迪问。

"整夜都开的私酒店,"弗朗西斯说,"替我们俩买几壶酒,然后找个落脚的地方睡觉。"

"嘿,"鲁迪说,"这话才对嘛。你从哪里找到这么多钱?"

"在一棵树上。"

"就是那棵长出领带的树?"

"没错,"弗朗西斯说,"同一棵树。"

弗朗西斯在海狸街楼上的私酒店买了两夸脱麝香葡萄酒和两品脱绿河威士忌。

"劣酒,"私酒商人把威士忌交给他时,他说,"但劣酒也有劣酒的用处。"

弗朗西斯付钱给私酒商,把找的钱放进口袋:剩下两块钱三十分。他给鲁迪一夸脱麝香葡萄酒和一品脱威士忌,等踏出私酒店后,他们便开始把酒倒进嘴里。

就这样,弗朗西斯这星期第一次开始喝酒。

经营这廉价旅店的是个有着大屁股和粗壮小腿的老女人,她是寡妇,先生是个姓芬尼斯的家伙,老早就死了,没人记得他的名字。

"嘿,嬷嬷。"她替他们开门时鲁迪叫她。

"我叫芬尼斯太太，"她说，"大家都这么叫我。"

"我知道。"鲁迪说。

"那就这么叫。只有黑人叫我嬷嬷。"

"没问题，甜心，"弗朗西斯说，"有人会叫你甜心吗？我们需要两个床位。"

她让他们进来，收了他们的钱，一块钱两个床位，然后带他们上楼，来到一个大房间，那里本来是两或三个房间，不过现在将墙拆掉后摆了一打肮脏的帆布床，变成一间大寝室，但只有一张床上有个睡觉的人形。房间里点着一盏弗朗西斯判断约是三瓦的灯泡。

"嘿，"他说，"这里太亮了。想把我们全都照瞎吗？"

"要是你朋友不喜欢这里，可以到别的地方去。"芬尼斯太太告诉鲁迪。

"谁不喜欢这个小客栈？"弗朗西斯说着便跳上沉睡男人隔壁的帆布床。

"嘿，流浪汉，"他说，伸手去摇那个在睡觉的人，"你要喝酒吗？"

那男人转过头来面对弗朗西斯，鼻子和前额有个长达一星期之久的巨大结痂。

"嘿，"弗朗西斯说，"这不是麋鹿吗？"

"是啊，是我。"麋鹿说。

"哪个麋鹿？"鲁迪问。

"姓什么都无所谓的麋鹿。"弗朗西斯说。

"麋鹿贝克。"麋鹿说。

"那位是鲁迪，"弗朗西斯说，"他比斗鸡眼的臭虫还要更疯，但是个好人。"

"你比我上次看到时帅气多了，"麋鹿对弗朗西斯说，"还打领带呢。你发财啦？"

"他找到一棵会长十块钱钞票的树。"鲁迪说。

弗朗西斯绕过帆布床，把酒递给麋鹿。麋鹿吞了一口，点头道谢。

"你干吗叫醒我？"麋鹿说。

"给你酒喝呀。"

"我睡觉时天已经黑了。又黑又冷。"

"老天爷，我知道。手指头冷，脚趾头冷，现在这里也很冷。来，再喝一口暖暖身子。你想喝点威士忌吗？我也有。"

"没关系。我已经喝得有点茫茫然了。你自己够喝吗？"

"该死的，喝吧。快活点没有错。"于是麋鹿喝了一大口绿河。

"你之前不是要跟我交换裤子吗？"麋鹿说。

"我本来想。原本的那件差不多是新的，但太小了。"

"所以裤子在哪？你说它刚好是我的尺寸。"

"你想要这件吗？"

"当然想。"麋鹿说。

"如果给你，我就没裤子穿了。"弗朗西斯说。

"我的裤子给你呀。"麋鹿说。

"你干吗跟人家交换你的新裤子？"鲁迪问。

"没错，"弗朗西斯说着，站起来看看自己的裤子，"我何必呢？不，你不能拿这条裤子。妈的，我需要这条裤子。别告诉我我需要什么。去找你自己的裤子。"

"不然我买。"麋鹿说，"你要多少钱？我打磨地板的工作还有一星期。"

"去擦亮你的地板吧，"弗朗西斯说，"但我的裤子不卖。"

"是打磨，不是擦亮。我打磨地板，不是擦亮地板。"

"别对我大声，"弗朗西斯说，"小心我打破你那该死的头，踩在你脑袋上。怎么样，你够狠是吧？"

"不，"麋鹿说，"我才不够狠。"

"我可够狠的，"弗朗西斯说，"把我惹毛了，你会早死，我说到做到。"

"噢，我是快死了。我跟那块破烂的天花板没两样。我得了肺结核。"

"噢,上帝保佑你,"弗朗西斯说着坐下来,"我很抱歉。"

"我的结核菌在膝盖里。"

"我不知道你得了肺结核。我很抱歉。没人该染上肺结核。"

"结核菌在膝盖里。"

"那就把脚锯掉。"

"不,我可不想让他们锯我的脚。"

"我得了胃癌。"鲁迪说。

"是啊,"麋鹿说,"每个人都有病。"

"不知道有没有人会去参加我的葬礼?"鲁迪问。

"去工作吧,说不定百病全消。"麋鹿说。

"没错,"弗朗西斯对鲁迪说,"你干吗不去找个工作?"他指着窗户外的街上,"看那些人。他们每个人都在工作。"

"你比他疯得还厉害,"麋鹿说,"到处都没工作。你之前去了哪里?"

"那里有辆出租车。有辆出租车开过去。"

"是啊,有辆出租车。"麋鹿说,"所以呢?"

"你会开车吗?"弗朗西斯问鲁迪。

"我会把我前妻逼疯[1]。"鲁迪说。

---

1 英文中"开车"和"逼迫他人发疯"用的同一个动词:drive。

"很好。就该这么做。把她们逼疯准没错。"

弗朗西斯在房间角落看见三个穿长裙的女人,她们变成四个又变成三个然后又变成四个。她们看起来很眼熟,但他一个名字都叫不出来。她们的年纪随人数改变:一下是二十岁,一下是六十岁,一下是三十岁,一下是五十岁,但年纪不小也不老。现在安妮大概在家试着睡觉,但她或许比弗朗西斯更难入睡,也更难给这一天画上句号。海伦更不可能睡着,她会被自己的疲劳与忧心折磨至死,真是杞人忧天,但安妮不会。安妮,她不担心。安妮知道怎么过日子。佩吉,她也会醒着的,为什么不呢?如果其他人都睡不着,她又怎么睡得着?我敢打赌他们全都醒着。毕竟弗朗西斯露了一手,他们一时半刻还难以忘记。

他让他们看到了一个男人的能耐。

这是个不怕回头的男人。

该死的鬼魂,他们亦步亦趋,但他不在乎。你勇敢面对了这些人。你做了该做的事。

桑德拉加入在远处角落的那三个女人,那四个女人。弗朗西斯给我喝汤,她告诉她们。他抱着我到没有冷风的地方,还替我穿鞋。她们又变成了五个女人。

"没有刮风的地方,"鲁迪唱着,"我想去没有刮风的地方，没有下雪的地方[1]。"

弗朗西斯在那五个女人当中看见了卡特里娜的脸，然后她们变成四个女人，然后又变成三个。

芬尼和小红帽来到这个廉价旅店，身后跟着第三个人，弗朗西斯没有立刻认出是谁。然后他看出来了，那家伙是老鞋。

"嘿，我们有伴了，麋鹿。"弗朗西斯说。

"是芬尼吗？"麋鹿问，"长得像他。"

"就是那家伙。"弗朗西斯说。芬尼站在弗朗西斯的帆布床床尾，醉得厉害，他一边摇晃一边想知道是谁在讲他。

"狗娘养的。"麋鹿用一只手肘撑着头说。

"你讲的是哪个狗娘养的？"弗朗西斯问。

"芬尼。他之前在西班牙乔治那里工作。他喜欢用棍子把吵闹的酒鬼打一顿。"

"是真的吗，芬尼？"弗朗西斯问，"你喜欢动手打人？"

"啊哦——"芬尼说着，跟跟跄跄朝弗朗西斯那一排帆布床走去。

---

[1] 这首歌名叫《大糖果山》(*Big Rock Candy Mountain*)，最初于一九二八年由哈利·麦克林托克（Harry McClintock）录制，歌词内容为一个打零工的游民吟唱他理想中的乐土。

"他是个卑鄙的浑球，"麋鹿说，"他打过我一次。"

"把你打伤了吗？"

"伤得很重。我头痛了三星期。"

"有人烧了芬尼的车，"小红帽宣布，"他出去找吃的，等他回来，车子就着火了。他认为是警察干的。"

"警察干吗烧车子？"鲁迪问。

"警察疯了。"小红帽说，"他们找每个人的麻烦。我听说是美国退伍军人协会在背后搞鬼。"

"该死的肥驴，"弗朗西斯说，"我这辈子都被他们追着跑。"

"美国退伍军人协会和警察，"小红帽说，"所以我们才来这里。"

"你认为这里很安全？"弗朗西斯问。

"比在街上安全。"

"如果警察想抓你，他们绝对不会来这里，对吧？"

"他们不会知道我在这里。"小红帽说。

"你以为这是哪里，鲁道夫酒店[1]吗？如果警察有兴趣，你以为楼下那个老贱货不会把我们的行踪告诉他们吗？"

"或许烧车的不是警察，"麋鹿说，"芬尼有很多敌人。如果我知道他有辆车，我也会烧了它。那狗娘养的痛殴我

1　希尔顿集团旗下的高级连锁饭店。

们所有人,现在他沦落街头,我们可逮到他了。"

"你听到了吗,芬尼?"弗朗西斯大喊,"他们想好好教训你。他们跟其他所有流浪汉一起逮到你了。"

"不——"芬尼说。

"芬尼没那么糟,"小红帽说,"放过他。"

"鲁道夫酒店这儿轮到你发号施令了吗?"弗朗西斯问。

"你算哪根葱?"小红帽问。

"我是准备踩在你头上,准备把你的头像葡萄般挤扁的那根葱,你胆敢指挥我!"

"最好是。"小红帽说着往芬尼旁边的帆布床移动。

"我一来就认出了你。"老鞋一边说一边走到弗朗西斯的帆布床床脚,"我到哪儿都认得出你那响亮的声音。"

"老鞋,"弗朗西斯说,"老鞋吉利根。"

"没错。你记忆力很好。酒精还没让你脑袋短路。"

"你是老鞋吉利根,伟大的老灵魂,有个铁打的肚子和铜屁眼。"

"已经不是铁打的了,"老鞋说,"我有胃溃疡,两年前戒酒了。"

"你在这里干吗?"

"只是来看小老弟,看有什么新鲜事。"

"你跟芬尼还有那个自作聪明的红发笨蛋是一道的吗?"

"你说谁自作聪明?"小红帽说。

"我说你自作聪明,自作聪明的笨蛋。"弗朗西斯说。

"你这个大嘴巴。"小红帽说。

"我的脚比嘴还大,如果我对你客气而你态度很差,看我正对着你的鼻子来一脚。"

"冷静点,弗朗西斯,"老鞋说,"最近有什么新鲜事?你看起来很体面。"

"我发财了,"弗朗西斯说,"我弄来一套新衣服,几壶酒,口袋响叮当。"

"看来混得不错。"老鞋说。

"是啊,但我搞不懂,你如果没喝酒的话来这儿干什么。"

"刚才不是说了,我经过这里,对这老地方一时好奇。"

"你有工作吗?"

"我在泽西有个稳定的工作,还有一间公寓和一辆车。一辆车,弗朗西斯。你相信吗?我有车?不是辆新车,但是辆好车。两门的哈德森。想兜风吗?"

"兜风?我吗?"

"当然,有何不可?"

"现在?"

"我都可以。反正我只是出来到处看看。我不睡这里。

在这里也睡不着。臭虫会一路跟着我回泽西。"

"这边这个流浪汉,"弗朗西斯对鲁迪解释,"我从街上把他救活了。以前他一个晚上会醉倒三四次,仿佛头比脚重似的。"

"没错,"老鞋说,"我把脸摔烂了五六次,跟他一样。"他比着麋鹿:"但不会再那样了。我进了三次疯人院,后来把酒戒了。我已经三年不当流浪汉,两年不喝酒。你想去兜风吗,弗朗西斯?只是不能带酒。被老婆闻出来少不得一顿好骂。"

"你还有个太太?"弗朗西斯说。

"你有辆车子,有个太太,还有栋房子和一份工作?"鲁迪问。他从帆布床上坐起来,仔细端详这个闯入的陌生人。

"他是鲁迪,"弗朗西斯说,"鲁迪酷弟[1]。他想自杀。"

"我知道那种感觉,"老鞋说,"之前有天早上,我跟弗朗西斯很想喝点什么,但到处走遍了都没酒喝,那时是零下四度,雪渗透了我们的鞋子。最后我们去卖血,把钱拿去喝酒,然后我昏了过去,醒来却还是很想喝酒。身上没半毛钱,也不可能弄得到,甚至不能再去卖血,我想去死,真的想死。死。"

---

[1] "酷弟"原文为Tooty,作者用这个词只是为了和鲁迪(Rudy)押韵。

"没有下雪的地方,"鲁迪唱着,"布施物长在灌木丛上,你每晚都睡在自己家里[1]。"

"你想去兜风吗?"老鞋问鲁迪。

"噢,我想去汽水喷泉旁的香烟树上,那里的蜜蜂嗡嗡叫呢。"然后他对老鞋微笑,吞了一口酒,躺回帆布床上。

"想兜风却没人要接受他的好意呀。"弗朗西斯说,"今天到此为止吧,老鞋,把身子骨拉直,休息休息。"

"不了,我想我要动身了。"

"有天傍晚太阳下山后,丛林的火熊熊燃起,"鲁迪唱着,"小路上走来一个游民,他说,好家伙,我不回头。"

"闭上你的嘴,别再唱了,"小红帽说,"我在想办法睡觉。"

"我要打烂他的脸。"弗朗西斯站起来。

"别打架,"麋鹿说,"她会把我们踢出去,或是叫警察来抓我们。"

"那今天就是我被这鸟地方踢出去的日子,"弗朗西斯说,"这是猪窝。我住过比这该死的猪窝更好的猪窝。"

"我的家乡——"老鞋才要开口。

"我才不管你家乡在哪儿。"弗朗西斯说。

---

1 这段同样是《大糖果山》里的歌词,内容是佣工不想在雇主家里过夜,希望能回自己家里安睡。

"你这该死的家伙,我家乡在得州。"

"那你说说看是哪个城市。"

"加尔维斯顿。"

"乖一点,"弗朗西斯说,"否则我会一拳把你打倒。我是个他妈的狠角色。比那个流浪汉芬尼还狠。我可以一次撂倒十二个人。"

"你喝醉了。"老鞋说。

"是啊。"弗朗西斯说,"我神志不清了。"

"你是神志不清。像是被响尾蛇咬了。"

"狗屁响尾蛇。响尾蛇算什么。"

"那百步蛇好了?"

"噢,百步响尾蛇。是哦。真了不得。老天,这话题真不错。谁想聊蛇?聊聊流浪汉还差不多。流浪汉就是流浪汉。都是海伦害我变成流浪汉。狗娘养的,她不肯回家,不肯振作起来。"

"海伦在火奴鲁鲁跳呼拉舞。"鲁迪唱着。

"闭上你的笨嘴。"弗朗西斯对鲁迪说。

"没人喜欢我。"鲁迪说。

"因为你一直唱歌,乱挥双手,谈论海伦。"

"我躲不掉自己。"

"我正是这意思。"弗朗西斯说。

"我试过。"

"我知道,但你没办法,所以就接受吧。"

"我喜欢被别人谴责。"鲁迪说。

"不,不要被别人谴责。"弗朗西斯告诉他。

"我喜欢被别人谴责。"

"绝对不要被别人谴责。"

"我喜欢被别人谴责,因为我知道我这辈子做错事了。"

"你从来没做错过事。"弗朗西斯说。

"你们这些个神经病,闭嘴!"小红帽从帆布床上坐起来大吼。弗朗西斯立刻起身冲到过道上,扑向小红帽,拳头擦过他的嘴唇。

"我要揍扁你。"弗朗西斯说。

小红帽闪开这一拳后跌在帆布床上。弗朗西斯于是绕过帆布床踢他的肚子。小红帽呻吟,弗朗西斯又踢他身体侧面。小红帽滚到芬尼的帆布床底下,躲开弗朗西斯的脚。弗朗西斯却紧跟着他,准备把没有鞋带的黑色皮鞋狠狠往他脸上踢,但这时他停了下来。鲁迪、麋鹿和老鞋都站在那里,看着他。

"我刚认识弗朗西斯的时候,他就跟头公牛一样壮。"老鞋说。

"我一个人就能把一间房子给砸了。"弗朗西斯一边说一边回到他的帆布床上。"还不用落锤破碎机。"他拿起那一夸脱葡萄酒，用它比画着。麋鹿躺回帆布床，鲁迪也是。老鞋坐在弗朗西斯旁边的帆布床上。小红帽舔舔流血的嘴唇，静静躺在帆布床底下的地板，床上的芬尼则面朝上打着呼噜。在远处角落里的那三个女人脸上，弗朗西斯认识的所有女人像万花筒般地快速改变交替。这三人组坐在椅背垂直的椅子上，展现的正是弗朗西斯种种事迹所构筑的一生。他母亲正在编织"甜蜜家庭"字样的十字绣样本，卡特里娜在量一匹新买的布，而海伦正剪掉发毛的线头。然后她们都全变成安妮。

"我担心的是，当他们把土撒在我脸上时，会有人走上前来说我坏话。"弗朗西斯说，"那么我连在地狱里都会受苦，如果真有这么个地方的话。但我仍有血有肉，我要咬紧牙关活下去。我还没见过哪个流浪汉顶撞我弗朗西斯。最好不要，该死的家伙。那些受苦受难的混球，那些等着进天堂的可怜灵魂，他们走在纷飞的大雪中，在空房子里过夜，长裤还从裤头上掉下来。等我离开这个世界，我想带着每个人的祝福离开。我弗朗西斯从没伤害过任何人。"

"你死时连知更鸟都会欢唱。"老鞋说。

"唱吧。让它们唱吧。有人曾要我别当流浪汉了。我有过机会。我曾经神志清醒，但这颗心现在已经累垮了，像运河船上的拖曳绳一样，来来回回，来来回回。你被狠狠地鞭笞，一切都停止了，连指甲也是。你用过头，它就停住了。就像你一直打头，头就会断掉。"

"那倒是真的。"麋鹿说。

"在大糖果山上，"鲁迪唱着，"警察长着木腿。"他学弗朗西斯的动作，站起来挥动酒瓶，然后边唱边前后摇晃，音调越来越高亢："每只斗牛犬都有橡胶牙齿，母鸡下溏心蛋。货车厢里空空如也，太阳每天高挂天空。我想要去不会下雪，不会下冻雨也不会刮风的地方，就在大糖果山上。"

老鞋站起来准备离开。"没人想兜风吗？"他说。

"好吧，该死的。"弗朗西斯说，"你说呢，鲁迪？我们离开这猪窝。离开这臭地方，出去透透气。连草堆都比这猪窝强。"

"再见，朋友，"麋鹿说，"谢谢你的酒。"

"没问题，伙伴，上帝保佑你的膝盖像钉子一样牢固，弗朗西斯的膝盖就是这样。"

"我相信。"麋鹿说。

"我们要去哪里？"鲁迪问。

"去丛林看我朋友。你想载我们一程到丛林吗？"弗朗西斯问老鞋，"在北区。你知道那里吗？"

"不，但你知道。"

"会很冷。"鲁迪说。

"那里有火。"弗朗西斯说,"寒冷也比这杜鹃窝强。"

"在柠檬喷泉旁边,有蓝知更鸟在唱歌。"鲁迪唱着。

"就是那地方。"弗朗西斯说。

老鞋的车往北开在伊利大道上,也就是过去的伊利运河所在,而弗朗西斯在此时回忆起埃米特·多尔蒂的脸:他在鬈曲灰发下粗糙发红的面颊,尖尖的鼻子,让他看来像极了旧约中的神圣战士,而这也是他在弗朗西斯心目中永远的形象。他是一个酒永远喝不够的爱尔兰人,严肃而机智,有控制欲和远大的目标,对上帝和对劳工的信念从未动摇。弗朗西斯曾和他并肩而坐,就在铁汉乔的独轮车酒吧前的石板阶梯上,听他滔滔不绝地谈论过去的日子,当时这块土地和他都还年轻,内陆船从爱尔兰的船上把新移民带进哈德逊河。当时霍乱流行,于是这些人会在奥尔巴尼被带下轮船,用运河上的小船送到西边,因为这城市的大佬已经向政府收了钱,保证不让这些会危害社会的外国人进到城里。

埃米特下了从爱尔兰科克港开出的死亡之船,然后从纽约往北,在奥尔巴尼内港看见他哥哥欧文热烈朝他挥手。欧文跟着他的船走,沿着曳船路直到北奥尔巴尼的船闸,一路对埃米特大喊。他把家人的消息带给埃米特,还叫埃米特等船上的人同意就立刻下船,再来信告诉欧文他人在哪里,这样欧文才能寄钱给他,帮他坐驿马车回奥尔巴尼。但埃米特下了那艘客货船已经是好几天后的事了,而且下船的地方他听都没听过,此外,当地政府同样监禁新移民,同样禁止他们往西走。

等埃米特到达水牛城时,他已决定不再回奥尔巴尼这个不好客的城市。他继续前进,来到俄亥俄州,找到一份铺设街道的工作,接着又去建铁路。之后他又搭火车一路往西,成为工会干部,最后当上美国爱尔兰共和主义组织"克兰纳盖尔"的领导者。他在有生之年目睹爱尔兰人掌控了奥尔巴尼,并向弗朗西斯·费伦诉说了自己的故事,因此煽动他丢出了那块改变人生的石头,甚至影响了当时尚未出生的人。

客货船沿着运河往上走,但欧文还跟在船边跑,向埃米特报告他孩子的事,这幅画面虽然出现在弗朗西斯出生前四十年,却和老鞋的车一样真实。此刻他就坐在这辆车里摇晃着一路往北,朝两兄弟当初分离的地点前进。他几乎要为天杀的政府将他们俩分开而落泪,就好像现在他也被迫和比利及其他人分开。但是被谁分开呢?在弗朗西斯找到家人之后,是什么事情和什么人再次将他和他们分开？这股力量的名称并不重要，如果它有名称的话，但它的影响力深具破坏性。埃米特·多尔蒂没有责怪任何人，他不怪霍乱检查员，甚至不怪这城市的大佬。他知道是一股更强大的命运之力促使他向西移动，并且在各个层面塑造了他将来的模样；弗朗西斯此刻了解的就是这段移动和塑造的过程，因为他意识到，那股逃亡的驱策力量已成为自己灵魂中的一大部分。也因为如此，他发现了一件合情合理的事：自己和埃米特应该融合为一个人，也就是埃米特的剧作家儿子爱德华·多尔蒂所写剧本中的英雄人物。爱德华（卡特里娜的先生，马丁的父亲）所写的那个剧本是《有轨电车车库》，情节正是埃米特向弗朗西斯诉说自己的分离与成长，并驱使弗朗西斯辨认出敌人并用石头瞄准对方，最后将弗朗西斯变成了一个激进分子。正如埃米特确实以劳工英雄之姿从西部返乡一样，因为那块石头，剧作家也让弗朗西斯在返乡时成了地下英雄。

曾有一段时间，弗朗西斯相信爱德华·多尔蒂对于他的一切描写：他是将罢工者从拥有有轨电车的资本家手中解放出来的人，正如在另一个年代，埃米特曾帮助拿着铲子的爱尔兰移民劳工挺直背脊从水沟里爬出来。这位剧作家将他们视为受到社会主义诸神激励的圣战士，这些神祇了解爱尔兰需要来自上天的协助，因为要是没有得到帮助(该剧辩才无碍的制作人埃米特如是说),"我们如何能摆脱那些托利党员猪猡,那些历代以来无法征服的终极恶魔?"

那颗石头促使(或者并没有促使?)军队开火,让他们屠杀了那两个旁观者。要不是那样,要不是哈罗德·艾伦的死,罢工可能持续进行。毕竟他们从布鲁克林大量引进了像埃米特这种从客货船下来的爱尔兰新移民,其中有一些人看出端倪,立刻从罢工行动中叛逃了,但其他人有如迷途羔羊,听到要雇用他们到费城建铁路便上了当,所以最后被骗去做工贼,陷入恐怖的境地甚至死亡。另外还有些来自其他城市的罢工者去当工贼,这些无血无泪的人开着理应罢工的火车,在其他工贼抢走他们工作时跑来抢奥尔巴尼男人的饭碗。要不是弗朗西斯丢了第一块石头,这一切或许还在继续。他是这场罢工行动中最重要的英雄,还创造了其他数十位英雄。就因为这个举动,他毕生都活在害死三个男人的罪恶感中,除了自己的右手外,那一天的世界似乎不存在其他改变现状的力量,他明白有其他力量,却无法想象那一天还有其他至关重要的石头被丢了出去。他无法接受军队主要是基于对暴民的恐惧才对旁观者扫射,而哈罗德·艾伦之死不过是场意外,毕竟他们不是在弗朗西斯丢出那块石头后才开火,而是在暴民拿东西拼命投掷有轨电车之后就开火了。但是弗朗西斯只看得见自己的行动和表面上的后果,并因此遁入了英雄主义,爱德华·多尔蒂的文字更让他满脑子都是光辉壮烈的罪恶感。

然而此刻,那些事件早已灰飞烟灭,他自己的罪恶感其实跟那些事件也没多大关系,于是在他现在看来,罢工不过是爱尔兰人疯狂的行为,是穷人跟穷人过不去,是整个种族和阶级自我分裂并对抗自己。在那一天和那一晚的某个时刻,他看见失去理智的暴民对付哈罗德·艾伦,而他只能设法活下去,正如弗朗西斯常常得在陌生城市中逃亡,常常得在敌意中求生存,正如他总是必须对抗自己最坏的本能以求生存。现在的弗朗西斯知道了,这是一场他和自己的战争,是他分裂的自我之间的斗争。如果他活了下来,并不是因为他得到社会主义之神的协助,而是因为他有一颗清醒的脑袋和一只看清事实的沉着眼睛;是因为他感受到的罪恶不值得他去死。除了满足大自然永无止境的嗜血欲望之外,死别无用处。至于诀窍则在于活着打败那些混球,在那群暴民和那场注定的混乱中存活下来,让他们所有人瞧瞧一个人把事情做对的能耐,一旦他下定决心。

可怜的哈罗德·艾伦。

"我决定原谅那个混球。"弗朗西斯说。

"你说谁?"老鞋问。几乎烂醉的鲁迪横躺在后座,握在胸前的威士忌和葡萄酒瓶都开着。

老鞋本来谆谆告诫,酒瓶得盖上,一滴酒都不准洒出来,鲁迪显然没放在心上。

"被我杀掉的人。一个叫艾伦的家伙。"

"你杀了一个人?"

"不止一个。"

"是意外,对吧?"

"不。我的确打算干掉那个叫艾伦的家伙。他抢了我的工作。"

"那是个干掉他的好理由。"

"或许是,或许不是。或许他只是必须这么做。"

"听你胡扯,"老鞋说,"每个人都这样说,好人,坏人,卑鄙无耻的人。强盗,杀人犯。"

弗朗西斯不发一语,又陷入另一个需要处理的真相之中。

这个叫作丛林的地方或许存在了七年之久,或许三年,或许一个月,或许几天。它是个壁炉底下的灰坑,是墓穴,也是个游移的城市。它位于此刻全都死于早霜的野漆树丛和水岸边的林木中间。它是个由防水纸棚屋、单坡檐屋和无法用已知名称形容的随性搭建物构成的杂乱居所。它是个本质上短暂却又想永久存在的城市，是那些受到诅咒而不能移动，或移动也毫无意义之人的休憩所在。住在这里的有瘸子，有在这镇上土生土长但失去家园的人和旅途结束后来到这里并对接下来的任何灾难都逆来顺受的人。这座丛林活生生地展现出了这个年代和这个国家的抑郁，它介于小径和河流之间，或许稍微大于两个方形的城市街区，就在旧有轨电车车库和曾是铁汉乔酒吧的那间空屋东边。

弗朗西斯在丛林里的朋友是个六十多岁的男人，名叫安迪，他俩坐货车到奥尔巴尼时，他向弗朗西斯解释了以前别人叫他"左右不分的安迪"的由来：他一直快到二十岁都还无法分辨自己的左右手，即便在某些面临压力的时刻依旧如此。弗朗西斯对左右不分的安迪深感同情，立刻把身上带的大量香烟和食物分给他，于是当安妮交给他两份火鸡肉三明治，佩吉又默默塞给他一大块李子布丁时，他就马上想起了他。此刻这三份食物都用蜡纸包着，好端端放在他那件一九一六年的西装外套口袋里。

然而直到鲁迪唱起丛林之歌时，弗朗西斯并没有认真考虑要把食物分给安迪。更重要的是，他见到了自己稍早展现的恶毒与自毁性傲慢再次具象地呈现在小红帽身上，种种事件都逼得他离开那个廉价旅店，逼得他去寻找珍视的事物；因为此刻的弗朗西斯尤其需要简单的解决方式。而左右不分的安迪，一个连自己的手都搞不清楚的男人，却在一个赎罪无效的城市里活了下来，而且还心怀感激，这看在弗朗西斯眼里似乎值得深究。老鞋把车停在丛林边缘的泥土路上，弗朗西斯很快就找到了安迪。他把在快要熄灭的火堆前小睡的安迪摇醒，将威士忌酒瓶递给他。

"喝点酒吧，老友。润滑润滑你的灵魂。"

"嘿，老弗朗西斯。你混得怎样，老兄？"

"只是一步一步往前走，希望能走到某个地方。"弗朗西斯说，"这里的旅馆开放吗？我带了两个流浪汉跟我一起。这位是老鞋，他说他已经不是流浪汉了，但那是他的说法。还有酷弟鲁迪，他是个好好先生。"

"嘿，"安迪说，"过来坐吧。就知道你要来。火还在烧，星星也出来了。这地方有点儿冷。我把火烧旺些。"

他们全都坐在火堆边，安迪加了几根树枝和木屑进去，很快，火焰便试图往上攀升，试图蔓延到统辖一切火焰的天空。火焰给冰冷的夜晚带来生气，也温暖了这些男人的双手。

有个人影在安迪身后晃荡，安迪感觉到了，于是转过身，欢迎密歇根麦克加入。

"幸会，"弗朗西斯对麦克说，"我听说你前几天晚上从一个洞摔下去了。"

"有可能摔断脖子。"麦克说。

"摔断了吗?"弗朗西斯问。

"如果摔断我就死了。"

"噢,所以你还活着,是吧?你没死吧?"

"这家伙是谁?"麦克问安迪。

"他人不错,我之前在火车上认识的。"安迪说。

"我们人都不错,"弗朗西斯说,"我从没遇到过哪个流浪汉是讨厌的。"

"威尔·罗杰斯[1]也这么说。"鲁迪说。

"他还喜欢地狱呢,"弗朗西斯说,"这我说的。"

"我只知道他是这么说的。我都是从报上看来的。"鲁迪说。

"我不知道你还认字。"弗朗西斯说。

"詹姆斯·瓦特发明了蒸汽火车头,"鲁迪说,"当时他才二十九岁。"

"他是个奇才。"弗朗西斯说。

"没错。查尔斯·达尔文是个伟人,他是植物学家。死于一九三六年。"

"他在讲什么?"麦克问。

---
1 美国二十世纪二十至三十年代的电影谐星。

"没讲什么。"弗朗西斯说,"只是随便说说。"

"还有艾萨克·牛顿爵士。你知道他拿苹果做什么吗?"

"这我知道,"老鞋说,"他发现了地心引力。"

"没错。你知道是哪一年吗?一九三六年。用了两个助产士才把他接生出来。"

"你很了解这些奇才的背景。"弗朗西斯说。

"上帝爱贼。"鲁迪说,"我就是贼。"

"我们都是贼,"弗朗西斯说,"你偷了什么?"

"我偷了我太太的心。"鲁迪说。

"你怎么处理?"

"还回去了。不值得留。你知道银河在哪里吗?"

"在上面的某个地方。"弗朗西斯说着,抬起头望向天空,天上如同他见过的一般,繁星点点。

"该死,肚子饿了。"密歇根麦克说。

"来,"安迪说,"吃一口。"他从外套口袋里拿出一大颗生洋葱。

"那是一颗洋葱。"麦克说。

"又是个奇才。"弗朗西斯说。

麦克拿起洋葱看了看,然后交还给安迪,安迪咬了一口后放回口袋。

"我从一间杂货店拿的,"安迪说,"我跟那人说,先生，我饿死了，得吃点东西。所以他给了我两个洋葱。"

"你明明有钱，"麦克说，"我叫你去买条面包，但你却买了一品脱葡萄酒。"

"买葡萄酒又买面包的话钱就不够了。"安迪说，"你以为你是法国人呀？"

"我上星期每天都去当杆弟，"麦克说，"但那烂工作不划算。你得从球场的小坡上滑下来，而那些打高尔夫球的家伙鞋上有钉子。然后他们还会跟你说：你这流浪汉，去工作。我想，但我没办法呀。我就是这样，赚个五六块钱，坐上下一班火车。我不是流浪汉，我是流动劳工。"

"你总是乱逛，"弗朗西斯说，"所以才会从那个洞掉下去。"

"是啊，"麦克说，"但我不会再回那个地方去过夜。我听说警察每天晚上都去那里找麻烦。那地方待不住了。该走了，该去找个快乐天堂。"

"之前警察也来过这里，拿灯照来照去。"安迪说，"可是他们没找任何人麻烦。"

鲁迪抬头，看着火堆前的每一张脸。然后他望向天空，跟星星说话："在城市边缘，我是个静不下来的人，我是个旅人。"

他们把酒传着喝，安迪用他储存在单坡檐屋里的木头把火烧旺。弗朗西斯想起比利盛装打扮的样子。他穿上西装、大衣，戴上帽子，站在弗朗西斯面前让他检查。你喜欢这顶帽子吗？他问。我喜欢，弗朗西斯说，很时髦。我丢了另一顶，比利说，第一次戴这顶，好看吗？时髦透顶，弗朗西斯说。好吧，我得进城去了，比利说。当然，弗朗西斯说。我们改天再见面，比利说。那是一定的，弗朗西斯说。你会待在奥尔巴尼还是上路去别的地方？比利问。说不准，弗朗西斯说。还有很多事要想清楚。弗朗西斯说。一向如此，比利说，然后他们握握手，不再说话。

弗朗西斯自己也在一小时后离开，离开前也跟乔治·昆恩握了手。他是个个性古怪的小个子，外形和往常一样整洁利落，也会说拙劣的笑话让大家发笑（我们大家都来吃番茄，然后迎头赶上[1]），然后佩吉抱住父亲亲吻他的脸颊，那可真是价值百万的一吻，好啦，好啦，然后安妮双手牵起他的一只手说：你一定要再来。当然，弗朗西斯说。不，安妮说，我的意思是你一定要来，这样我们才能聊聊你早该知道的事，孩子的事、这个家的事。下次如果你想留下过夜，我们有帆布床，可以搭在丹尼的房间里。然后她很轻很轻地亲吻了他的嘴唇。

---

1 "迎头赶上"（catch up）和"番茄酱"（ketchup）读音相同。

"嘿，麦克，"弗朗西斯说，"你是真的很饿，或者只是在胡乱嚷嚷？"

"我很饿，"麦克说，"中午以后就没吃。已经过了大概十三四个小时。"

"拿去，"弗朗西斯说着，把其中一个火鸡肉三明治打开，拿了一半给麦克，"吃一口，或者吃个几口，但不要全吃掉。"

"嘿，好啊。"麦克说。

"我就告诉你了，他是个好人。"安迪说。

"想吃一口三明治吗？"弗朗西斯问安迪。

"我吃洋葱就饱了。"安迪说，"但是在那边的钢琴箱子里有个家伙，不久前才到处问人有没有东西吃。他有个小宝宝。"

"小宝宝？"

"有小宝宝和太太。"

弗朗西斯把剩下的一点三明治从密歇根麦克手上抢来，就着夜晚的火光摸索来到钢琴箱子旁边。箱子前烧着一小团火，一个男人盘腿而坐，正在暖和身体。

"听说你有个小孩，"弗朗西斯对那男人说，对方一脸猜忌地抬头看着弗朗西斯，然后点点头指向钢琴箱。弗朗西斯看出有个女人的身影，正蜷缩在一个仿佛裹在包巾中的婴儿身影旁。

"这里有些东西我用不上,"弗朗西斯一边说,一边把那个完整的三明治和另一个剩下的递给那男人。"还有甜点。"他说着,然后把李子布丁也给了那男人。男人仰起脸,接过礼物,表情仿佛在滴雨不下的沙漠里被雷打到般难以置信;他甚至还没来得及为礼物致谢,他的恩人就走开了。弗朗西斯又回到安迪的火堆前,加入沉默的一群人。除了头垂在胸口的鲁迪之外,他发现其他人都瞪着他。

"你给了他一些食物,对吧?"安迪问。

"是啊,他是个好人。我今天晚上已经吃撑了。那孩子多大?"

"十二个礼拜,那人说的。"

弗朗西斯点点头:"以前我有个小孩,杰拉德,只有十三天大时摔在地上,弄断脖子死了。"

"要命,那可真不幸。"安迪说。

"你从没说过这件事。"老鞋说。

"对,因为是我把他摔在地上的。我把穿着尿布的他抱起来,但他从尿布里溜出去了。"

"老天爷。"老鞋说。

"我受不了。所以我才抛弃家庭出走。然后上星期,我偶然遇到另一个孩子,他告诉我,我太太从来没对半个人说过这件事。"

"我搞不懂这女人,她把这种秘密守了二十二年,就为了保护像我这样的流浪汉。"

"你不可能弄懂女人的,"密歇根麦克说,"从前我老婆整天在外推销屁股,然后回家说我是唯一碰过她的男人。直到有天我进了家门,发现她一次上两个男人,才头一回知道发生了什么事。"

"我不是说那个,"弗朗西斯说,"我说的是一个真正的女人。我说的不是垃圾一样的妓女。"

"可是我老婆长得很美。"麦克说,"而且个性很好。"

"是啦。"弗朗西斯说,"都好在她屁眼里。"

鲁迪抬头看着手里的酒瓶,然后把酒瓶举起来对着光。

"什么东西让人醉?"他问。

"酒。"老鞋说,"你手里的东西。"

"你听过熊和桑葚汁的事情吗?"鲁迪问,"桑葚汁在它们肚子里发酵。"

"这样?"老鞋说,"我以为它在被熊吃进肚子前就发酵了。"

"不。是在吃了之后才发酵的。"

"熊跟桑葚汁是怎么回事?"麦克问。

"结果所有熊都身体僵硬,宿醉了。"鲁迪说完后不停地笑,然后把酒瓶倒过来,用舌头舔着流下来的酒滴。最后他把手上的酒瓶丢到另外两个空瓶旁,就是他自己那瓶威士忌和弗朗西斯的葡萄酒,刚刚大家传着喝,但现在已经空了。

"要命,"鲁迪说,"我们没得喝了。变乞丐啦。"

这些男人听见远方汽车引擎微弱的嗡嗡声,接着传来关车门的声音。

弗朗西斯的忏悔似乎只是白费力气。第一次对陌生人提起杰拉德是个错误,因为没人当回事,他的罪恶感也没有因此而减少。这番话变得一文不值,变得和鲁迪那些熊或奇才的愚蠢闲谈一样平凡无奇。弗朗西斯的结论是,他又做了一个错误的决定,继一长串错误决定之后的另一个。他开始断定自己无法做出正确决定,他一定是有史以来最懂得坚持错误的人。此刻他很确定了,他永远无法找到那个平衡点,那能让许多人过上平静、非暴力、无须漂泊不定的平衡点。在旧日时光里,这种生活至少还能产生些微的快乐。

他无法领悟自己在这件事上和别人的不同之处。他知道他多少比别人更强壮,更耽溺于暴力,更爱漂泊,但这些都跟他的意图毫无关系。好吧,他本来就想让哈罗德·艾伦受伤，但那是很久很久以前的事。要是有人能用弗朗西斯看待自己的方式看待弗朗西斯，就不可能相信他得为罗狄·迪克的死负责，也不会相信他得为那小矮子脖子上的洞、为小红帽身上的伤痕，或是其他早已被遗忘或被埋葬的人负责。

此刻弗朗西斯只能确定，他永远无法替自己的人生做出有理可循的结论，但也不相信自己没有思考的能力。他想自己是个具有未知与不可知特质的生物，在冲动行事与事前规划两者之间，他永远不可能达到稳定的状态。然而在每一次坦承自己是个迷失与扭曲的灵魂之后，弗朗西斯都会断定自己的思想与目的如下：自己逃离家人是因为自己相较之下太粗鄙邪恶，无法与他们生活在一起；这些年来他刻意谦逊，是为了对抗他极度的骄傲——他自以为可以制造出荣耀，从中流露出恩慈的一种骄傲。没错，他其实是个战士，保护一个从来没人能讲明白的信仰，尤其是他自己；但不知怎的，这信仰让他必须保护圣人不受罪人伤害、保护活人不受死人伤害。不过身为一个战士，他十分有把握自己不是受害者。他永远不会是受害者。

在他的内心深处有个说不出口的结论，他告诉自己：我的罪恶感是我仅有的。没有了它，我就没有任何东西可拥护，一无所成，一无是处。

接着他抬起头来，看见头戴"退伍军人协会"棒球帽的一队人马，他们手持棒球棍走进了火光中。

戴棒球帽的男人狂热地走进丛林，打算不发一语打倒所有直立的东西。他们摸进空无一人的小棚屋和摇摇欲坠的檐屋里，这些小屋子历经风吹日晒，已经快要倒塌。有个男人看到他们过来，于是立刻离开自己的檐屋跑出来大喊："突击队！"这个词惊动了丛林里的人，他们收拾家当，跟在带头的人身后逃命。当安迪火堆旁的几个男人发觉突击队员接近时，第一批倒塌的小屋已经烧了起来。

"搞什么鬼？"鲁迪问，"为什么大家都站起来了？你要去哪里，弗朗西斯？"

"站起来，蠢蛋。"弗朗西斯说。鲁迪站了起来。

"看看我惹上什么麻烦？"老鞋说。他一边从火旁往后退，一边观察逐渐接近的突击队队员。对方还在半个足球场以外的距离，但密歇根麦克已经逃得远远的，像把长柄镰刀般弓着身体往河边跑。

突击队队员拿着他们意在毁灭的棍棒挺进，其中一个挥了两下球棒，一个檐屋立刻被夷平了。有个男人跟在他们后面，把汽油倒在倒塌的小屋上，然后丢了根火柴上去。此时突击队队员离安迪的檐屋只有二十码了，安迪、鲁迪和弗朗西斯却震惊得无法动弹,只是用难以置信的眼神注视这一幕。

"我们最好离开。"安迪说。

"你的檐屋里有任何值得挽救的东西吗?"弗朗西斯问。

"我唯一值钱的东西就是皮肤,就在我身上。"

他们三人慢慢后退,远离这些显然打算摧毁地面上所有东西的突击队队员。弗朗西斯经过钢琴箱时看了一下,箱子是空的。

"他们是谁?"鲁迪问弗朗西斯,"他们干吗这么做?"

没有人回答。

半数檐屋和棚屋都烧了起来。有人点燃一棵没有树叶的高大树木,火焰高高蹿入天空,甚至远远高过燃烧的小屋子。在猛烈的火光中,弗朗西斯看见一个突击队队员正在砸一间棚屋,有个醉醺醺的男人爬了出来。突击队队员用棒球棍朝爬行男人的臀部挥了半圈,把他打到站起来,然后又用棒球棍戳他,男人于是跛着脚跑开了。他的棚屋升起熊熊火焰,照亮了突击队队员的笑容。

弗朗西斯、鲁迪和安迪于是掉头就跑,他们确信恶魔在今夜出动了。但当他们转过头时,却遇到两个突击队队员正从左侧接近。

"肮脏的流浪汉。"一个突击队队员说着,朝安迪挥舞棒球棍，安迪轻巧地闪过他的挥棒范围后逃开，接着就消失在夜色里。突击队队员把挥动的棍子方向一转，恰好打在摇晃的鲁迪脖子上方，鲁迪哀号一声，倒了下来。弗朗西斯于是跳到那人身上，抢下棒球棍，然后爬起来转身面对两个突击队队员，而他们则像两只来路不明又露出利齿想置人于死地的疯狗，面目狰狞地朝弗朗西斯逼近。拿着棒球棍的突击队队员把棍子高举过头，往弗朗西斯身上垂直一挥，弗朗西斯轻松闪到一边，动作就像跑向左边去接快速滚地球那样。同时他往前踏了一步，仿佛要大动作投球般朝着攻击鲁迪的那人挥动棒球棍。这一棒足以把球打出任何一地的任何一座棒球场的任何一道中外野栅栏之外。他清楚地听见，也确实感觉到那男人背上的骨头碎裂了。当已无气息的男人肢体奇异地扭曲并无声倒地时，他几乎是带着高潮的快感看着他。

第二个攻击者冲向弗朗西斯，他没用棒球棍，而是用移动中的身体重量和力道把他扑倒。两人先是在地上不断翻滚，弗朗西斯必须从侧面攻击他的喉咙才能和他分开，但那人强悍敏捷，弗朗西斯还跪在地上，他就已经站稳双脚并举起手臂水平挥拳。这时弗朗西斯抓起球棒挥出完整的一击，击中了那人的左腿膝盖，于是他的膝盖向内弯，关节反转，就这样弯腰倒在地上，发出了一声又长又痛苦的哀号。

弗朗西斯抬起鲁迪，鲁迪发出一阵含混不清又毫无意义的声音。他把他扛在肩膀上，朝着河边的黑暗森林尽快跑去，然后再沿着河岸往南朝城里去。他在枯萎的高大褐色野草丛中停下来，趴着喘气，鲁迪在他身边。没有人跟上来。他的视线越过光秃秃的树木回头望向丛林，只见火焰的范围越来越大。月亮和星星照耀河面，在愤怒燃烧的火焰旁，河水像是一片玻璃般的宁静海。

弗朗西斯发现血从脸颊流了下来，于是到河边把手帕浸湿，拭去血迹。他喝了一大口河水，又冰又甜的水令他精神一振。他把伤口擦干净，发现还在流血，于是用手帕压住止血。

"他们是谁？"他回来时鲁迪问。

"他们是另一队的人。"弗朗西斯说，"他们不喜欢我们这些肮脏的流浪汉。"

"你不肮脏，"鲁迪用嘶哑的声音说，"你穿了套新西装。"

"别管我的西装了，你的头怎么样？"

"我不知道。之前从没有过这种感觉。"弗朗西斯摸摸鲁迪后脑勺。那里没有流血，但肿了一大块。

"你走得动吗？"

"我不知道。老鞋和他的车在哪儿？"

"走了吧，我猜。我想他的车是刚偷来的。他以前靠偷车过活。偷车还有卖淫。"

弗朗西斯把鲁迪扶起来，但鲁迪无法自己站好，也不能移动脚步。弗朗西斯只好把他扛在肩膀上往南走。他想把鲁迪送去城里的纪念医院，就是北珍珠街上那间从前进行顺势疗法的医院。那里很远，但大半夜又没有其他医院可去。而且他又只能走路。这种时间要是还去等该死的公共汽车或有轨电车，鲁迪就会死在路边了。

弗朗西斯先是把他扛在一边肩膀上，然后换到另一边，最后发现鲁迪手臂还有点力气可以抱住他，所以就把鲁迪背在背上。他背着他沿着河边走，远离巡逻警车，顺着小路往前走，来到百老汇街，然后再走到珍珠街。他背着鲁迪上了医院阶梯，走进急诊室，里面狭小、明亮、干净，没有半个病人。有个护士正把担架从一面墙边推开，看见弗朗西斯走进来，就帮他把鲁迪从背上滑下来放平。

"他的头被打了，"弗朗西斯说，"不能走路了。"

"怎么了？"护士一边问一边检查鲁迪的眼睛。

"麦迪逊大道上有个人发神经，用砖头打他。这里有没有医生可以看看他？"

"我们会去找医生来。他喝了酒。"

"那不是他的问题。他还有胃癌,但现在让他不舒服的是头部。他被人狠狠敲了一记,我告诉你,那根本不是他的错。"

护士走到电话前面拨号,轻声说着话。

"你还好吗,老兄?"弗朗西斯问。

鲁迪微笑,眼神呆滞地看了看弗朗西斯,什么话都没说。弗朗西斯拍拍他的肩膀,然后坐在他身旁的椅子上休息。他在一个靠墙的柜子门上的镜子里看见自己的模样:领结歪到一边,衬衫和外套都溅了血。他还不知道自己被割伤时让血滴上去了。他的脸上都是污迹,衣服沾满泥土。于是他把领结拉直,把泥土拍掉一些。

护士又打了第二通电话,弗朗西斯想打断她,想叫她快点来处理鲁迪,但护士仍然讲完电话才回来。她量了鲁迪的脉搏,又拿听诊器听了他的心脏,然后告诉弗朗西斯鲁迪死了。弗朗西斯站起来看着他朋友的脸,那笑容还在。一个不刮风的地方。

"他叫什么名字?"护士一边问一边拿起笔和夹着医院表格的写字板。

弗朗西斯只能瞪着鲁迪那眼神呆滞的笑容。他曾说过以苹果闻名的艾萨克·牛顿被两个助产士接生。

"先生,他叫什么名字?"护士说。

"他的名字是鲁迪。"

"鲁迪什么？"

"鲁迪·牛顿，"弗朗西斯说，"他知道银河在哪里。"

弗朗西斯将往南走向帕伦波旅馆，届时第一教堂的钟将指着三点十五分。他要去旅馆躲开寒冷的天气，跟海伦一起在床上躺平，然后想想究竟发生了什么事，他又该怎么处理。到了楼梯转角时，他将会经过帕伦波旅馆的夜班职员，向他致意，然后爬上楼梯来到他跟海伦每次到这鬼地方住的房间。他将在走廊上看着满布灰尘的破烂地毯提醒自己，这对他和海伦来说是个豪华的地方。他将会看见门缝底下透出来的亮光，但还是敲了敲门，确定海伦住在这个房间，但没有得到回应。他将会打开门，发现海伦穿着和服躺在地板上。

他将会走进房间，关上门，站在那里凝视着她。她的头发散在地上，非常美丽。

过了一会儿，他会想把她抬到床上，但又觉得没这么做的理由，毕竟她看起来很好很舒服。她看起来仿佛在睡觉。

他会坐在椅子上看着她，无法估算自己看了多久。他会认为自己没有移动她是个正确的决定。

因为她的身体没有扭曲。

他将会看看那打开的行李箱,发现那张旧剪报,然后把剪报放进外套口袋。他将会发现他的刮胡刀、他的小刀和海伦的水钻蝴蝶,然后把这些也放进外套口袋。在她挂在衣柜的外套里,他将会找到她的三块钱三十五分,然后一边把钱放进他的裤子口袋,一边猜想她的钱到底是哪儿来的。他将会想起他留给她的两块钱,但现在的她永远拿不到了,他也拿不到了,他会把那笔钱当作给老多诺文的小费。海伦向你道谢。

然后他会坐在床上,从另一个角度看海伦。他会看见她的眼睛是闭上的。他会想起那对眼睛在她生前绿得多么耀眼,仿佛璀璨的绿宝石。当他试着穿透她闭上的双眼凝视她时,他会听到那些女人在他背后交谈。

现在已经太迟了,那些女人会说。就算想看透海伦的灵魂更深处,现在也已经太迟了,但他仍会继续凝视,并发现放在枕头上的留声机唱片;他会知道她买的——或偷的——是什么歌。那是《再见,画眉鸟》,她深爱的一首歌。他会听到那些女人唱起这首歌,而与此同时,他凝视着海伦灵魂上那道刺眼的疤痕,那道新的青紫色疤痕在旧伤痕之中泛白。她的灵魂已经净化了世界上所有伤口,并燃起绿色的希望之火,但也保留了伤口的完整性,以作为洞悉撒旦内里最深层秘密的鞭痕。

弗朗西斯呀,这个双面人,此刻的他既是平凡又一无是处的老人,又是个羽翼未丰的年轻人。他会和那些女人一起轻柔地唱:低声吟唱的我即将离去。这首歌让他明白了,他根本没有看透海伦的灵魂,只是看透了自己重复而不可靠的记忆。现在他知道了,鲁迪和海伦两人对他的本质理解得多么深刻,甚至远胜过他一辈子曾经(或者曾有可能)对他们两人的本质性理解。死者的眼睛毕竟是雪亮的。

他将会回溯他的人生,脑中浮现海伦死去前的某个时刻,当时两人刚甜蜜地做完爱,她穿着同一件和服躺在他身旁说:在这个世界上,我只求自己的名字被放回家族墓地。

于是弗朗西斯起身发誓,不管他们把她葬在哪里,他都将找出海伦的坟墓,然后在上面放一块深深刻着她名字的石头:海伦·玛丽·亚契,一个伟大的灵魂。

于是弗朗西斯将会记得,当伟大的灵魂消逝之时,黑暗的力量将走入这世界,让到处充满电光火石的倾轧斗争。他也会意识到,自己该为海伦灵魂的安危祈祷,那是他唯一能帮助她的方式。但他想象中的死后世界并非众生在天堂大殿上敬拜圣虫[1]，反而像是一个有浓雾在上弥漫的地洞，大地则借此排尽腐坏生命的恶臭，正因如此，弗朗西斯几乎能看见那质疑在空中烧得发亮：他祈祷又有什么意义？

他将花上长得难以估算的时间思考，最后认定祈祷根本没有意义：他无法替海伦祈祷些什么，甚至无法替自己祈祷。

于是他会弯下腰碰触海伦的头顶。他抚摸她的头颅，就像个父亲轻柔抚摸他那初生孩子的囟门。他的动作如此轻柔，就怕弄乱了她流泻的秀发。

那秀发如此美丽。

然后他会走出海伦的房间，让灯亮着。他将沿着走廊走到楼梯转角，向夜班职员致意，但对方只在椅子上打瞌睡。然后他将再次走进那寒冷而黑影幢幢的夜晚。

破晓时他将在"特拉华与哈德逊公司"的货车车厢里，往南朝着柠檬泉前进。他会蹲坐在车门半开的空车厢中间，稍稍躲开吹进来的风。他会看着星星，不过几小时之前的它们还光芒耀眼不可抵挡，此刻却已从介于粉红与淡紫色

---

[1] Holy Worm。根据《马可福音》，在最后的审判中，不肯悔改与不信者会被丢入火湖，主耶稣将其称为"地狱……在那里，虫是不死的，火是不灭的"。（《马可福音》9：47-48）

调的初醒天空中逐渐消失。

他不可能合眼了，他要把所有此刻能做的事想一遍。他会断定自己无法在所有的可能性中做出选择。这时候的他只能肯定一件事，那就是人生在世，事情总会有自己的发展，而人能做的唯有一头栽进当中的神秘里。

他的眼前浮现杰拉德被包裹在坟墓中的画面，他被包裹在银色的网里，接着这画面又像星星一样褪去，他甚至记不得孩子的发色。他看见所有的女人，她们变成三个，然后就连这些不可能结合在一起的女人也褪去了，只剩下卡特里娜美妙无比的唇吐露几乎无声的话语；于是他知道了，被他抛在身后的不只是一个城市，不只是在他生命中的每一具尸体，还包含他刚刚目睹的疤痕，海伦灵魂上的那道疤痕。

火车为了加水而慢下来时，草莓比尔爬进车厢里。就一个咳嗽至死的流浪汉来说，他看起来挺好的。他打扮得光鲜亮丽，不但穿了套泡泡纱西装，头戴草帽，还穿了一双和新棒球颜色相衬的鞋子。

"你在世时从来没穿得那么体面，"弗朗西斯对他说，"看来你在那边混得不错。"

每个人报到后都会有个意大利裁缝给你做衣服，但我说，老兄啊，这次你又在逃什么？

"同样那批人，"弗朗西斯说，"警察。"

没有警察这种东西，比尔说。

"或许天堂里还没有，但他们在这下面缠着我不放。"

没有警察在追你，老兄。

"你有内线消息？"

我会跟你这种人开玩笑吗？

弗朗西斯笑了，开始哼起鲁迪那首歌，歌里那地方有蓝知更鸟在吟唱。他吞下最后一口绿河威士忌，那酒此刻喝起来又甜又冰。然后他想起安妮的阁楼。

就是那地方，比尔告诉他。他们在角落摆了张帆布床，在你的旧皮箱旁边。

"我看到了。"弗朗西斯说。

弗朗西斯走到车厢门边，把空威士忌瓶丢向月亮，飞出去的酒瓶消失在升起的太阳中。酒瓶和月亮飞越天堂时，发出仿佛斑鸠琴的空灵乐音，而超凡的和声更声声催促弗朗西斯跳下火车，要他在神圣的费伦家屋檐下寻求避难。

"你听到那音乐了吗？"弗朗西斯说。

音乐？比尔说。我不太确定。

"斑鸠琴的音乐。超级甜美的斑鸠琴声。是那个空威士忌酒瓶发出的声音。威士忌酒瓶和月亮。"

你说了算，比尔说。

弗朗西斯再次聆听月亮和酒瓶发出的声音,那声音比之前还清楚。只要听到那乐音,你就不必再躺在那里,你可以从那张旧帆布床上跳起来,走到阁楼的后窗去看老杰克放出他的鸽子。它们飞起来,绕着整个街区打转,一圈又一圈,又飞了一大圈,越飞越兴奋,然后老杰克吹声哨子,它们就又会回到笼子里。真了不得的玩意儿。

"要我做什么给你当午餐呢?"安妮问他。

"我不挑剔。火鸡肉三明治就很好了。"

"还想喝茶吗?"

"我一直都想喝那茶。"弗朗西斯说。

当他在看鸽子时,或者当他在阁楼另一头看孩子在学校运动场上玩橄榄球时,他会小心地和窗口保持距离。

"只要他们没看到你,你就没事了。"安妮对他说。她一星期换两次帆布床上的床单,缝制棕色窗帘,还买了两片黑色布幕,这样到了晚上,他就可以拉起布幕读报纸。

但他不再需要读报纸了。他的脑子里已经没有想法。就算有想法进来,也只会像大片岩石上的清晨露珠般在脑子里栖息,而早上的阳光终究会使露珠消失,留下的只有对于石头表面的影响。石头不需要这种影响。

重点是,他们到底知不知道是弗朗西斯用棒球棍打断了那家伙的背？毕竟那一棍确实杀了那个混蛋凶手。他们是否在找他？他们是否假装没在找他？他在皮箱里找到那件旧高领毛衣，把领子翻起来穿好遮住自己的脸。他还找到乔治·昆恩的船形帽，那让他添上一股军人气息。他或许还能晋升军阶，赢得勋章呢。军队编制一向令他着迷。绝对没人会想到要找头戴乔治船形帽的他。不可能的。

"你喜欢洁露牌果冻吗，弗朗西斯？"安妮问他，"我不记得有没有做过洁露牌果冻给你吃。我不记得之前有没有洁露牌果冻。"

如果他们找上他，那就结束了。不妙了。你别无选择。他曾听说有个地方很暖和，在那里他再也不必躲避任何人，也不用躲避天气。

无形体的天外天静止不动，没有天极，只是以光与爱包围着第十重天[1]，也就是有形有体的众天界之中最外层、移动最快速的所在。

天使就现身在第十重天。

但假如他们没在追他，他一定会找一天跟安妮提起（她已经有这想法，他看得出来），他一定会要她把帆布床

---

[1] 古希腊天文学家托勒密（Claudius Ptolemy）定义的最外层天体，称"第十重天"或"原动天"，负责带动其他九层天体绕地球转动。

搭在丹尼房间。只要等到尘埃落定，只要等到一切都清楚明白。

丹尼的房间还有空余。

那房间还照得到早晨的太阳。

那个小房间真的棒透了。

威廉·肯尼迪

（William Kennedy）

1928年威廉·肯尼迪出生于美国纽约州的奥尔巴尼市。1969年他出版了第一部小说《油墨车》，迄今为止已创作近十部优秀小说。他最为称道的作品当属"奥尔巴尼小说系列"，其中包括《怪腿戴厄蒙》（1975）、《比利·费伦的最大一次赌博》（1978）、《紫苑草》（1983）、《昆因的书》（1988）、《老骨头》（1992）、《燃烧的胸花》（1996》以及《罗斯科》（2002）。

为他赢得普利策文学奖和美国国家书评奖的《紫苑草》在出版前曾先后被退稿十三次，在诺贝尔文学奖得主索尔·贝娄的亲自推荐下，才得以顺利出版。此书出版后立刻造成轰动，改编电影旋即在1987年上映，由杰克·尼克尔森和梅丽尔·斯特里普饰演书中主角，两人并因此片获得奥斯卡奖影帝和影后的提名殊荣。

肯尼迪对于家乡书写的成就甚高，美国著名文化生活杂志《名利场》赞誉："詹姆斯·乔伊斯之于都柏林，索尔·贝娄之于芝加哥，正如威廉·肯尼迪之于奥尔巴尼。"

IRONWEED
BY WILLIAM KENNEDY
Copyright © 1979, 1981, 1983, William Kennedy
Simplified Chinese edition copyright:
2016 BEIJING ALPHA BOOKS CO., INC.
All rights reserved.

版贸核渝字（2016）第103号

图书在版编目（CIP）数据

紫苑草 /（美）威廉·肯尼迪（William Kennedy）著；何修瑜译. -- 重庆：重庆出版社，2016.12

书名原文：Ironweed

ISBN 978-7-229-11630-9

Ⅰ.①紫… Ⅱ.①威… ②何… Ⅲ.①长篇小说—美国—现代 Ⅳ.①I712.45

中国版本图书馆CIP数据核字（2016）第239111号

紫苑草
ZIYUANCAO

［美］威廉·肯尼迪　著
何修瑜　译

策　　划：	华章同人
出版监制：	陈建军
策划编辑：	于　然
责任编辑：	张慧哲
责任印制：	杨　宁
营销编辑：	张　宁　徐　言

重庆出版集团
重庆出版社　出版

（重庆市南岸区南滨路162号1幢）

投稿邮箱：bjhztr@vip.163.com

北京联兴盛业印刷股份有限公司　印刷
重庆出版集团图书发行有限公司　发行
邮购电话：010-85869375/76/77转810

重庆出版社天猫旗舰店
cqcbs.tmall.com

全国新华书店经销

开本：850mm×1168mm　1/32　印张：9.875　字数：165千
2016年12月第1版　2016年12月第1次印刷
定价：39.80元

如有印装质量问题，请致电023-61520678

版权所有，侵权必究